Machigai shokan!
間違い召喚!
追い出されたけど上位互換スキルでらくらく生活
3
カムイイムカ
Kamui Imuka
illustration.
にじまあるく

Main Characters
登場人物紹介

ウィンディ

陽気でお調子者な、弓使いの少女。
レンに冷たくあしらわれることも多いが、
最近はちょっと変わった様子も……？

レン

本名・小日向連《こひなたれん》。冴えない青年だったが、
鍛冶・採取・採掘のスキルを得て
仲間達と気ままな人助け旅を始める。

イザベラ

かつてレンが“牢獄石”から助けた少女。
レンを慕《した》って街に来た後、
年齢にそぐわないほどの実力を発揮する。

エイハブ
酒好きだが面倒見が良く腕も立つ、
気のいいイケおじ。
最近、騎士に昇格した。
レイティナ
かつてはメイドとして振舞っていたが、
実は王家の血筋という女性。
今は一国の女王を務めている。
ルーラ
教会の幼い巫女《みこ》。
見た目に反して地位も実力もある。
身内の汚職に気を揉んでいる。
ルースティナ
レンの召喚にも関わっていた、
この世界の創造神。
意外とお茶目なところがある。

第一話　創造主

「私はこの世界を創《つく》った神。そして、あなたをここに来させたのも私の意志よ。コヒナタさん」

女性は僕にそう言うと、地面から白い椅子を出現させ、背もたれに手をかけた。

気が付くと僕らの背後にも二脚の椅子が現れていた。その片方には服がかけてある。女性ものの白いドレスだから、ルーラちゃんのためのものだろう。

辺り一面真っ白の〝神界〟。ここにいるのは僕、小日向連《こひなたれん》と、星光《せいこう》教会の幼い巫女《みこ》であるルーラちゃん。そして目の前に立つ絶世の美女だけだ。

ついさっきまで、僕は自分の作った街でルーラちゃんの一団と話をしていたんだけど、ルーラちゃんに触れられた瞬間、この空間に飛ばされてしまっていた。

「神……？」

女性の話に驚きを隠せない僕。彼女は僕のそばにいるルーラちゃんに目を向けた。

「ルーラ、よくここまで来られましたね。色々な苦労もあったでしょう。その衣《ころも》はこれまでの功績を称《たた》えてあなたに与えます」

「えっ……ありがとうございます……。あなた様はもしかして……ルースティナ様？」

女性はルーラちゃんの問いに頷《うなず》いた。

「そうよ、私の名はルースティナ。あなたの名前も、そこから取ったのよね」

微笑《ほほえ》むルースティナ様を見て、ルーラちゃんは目に涙を浮かべている。信仰心の厚いルーラちゃんにとって、神様に対面するのはそれだけ凄いことなんだな。

「ルーラ、その服に着替えなさい」

ルースティナ様はルーラちゃんの頭を撫《な》でてそう促《うなが》すと、僕を振り返った。

「コヒナタさん」

エコーのかかっている声で僕の名を呼び、足音も立てずに近付いてくる。

美しい顔が迫ってきて、僕は思わずじりじりと後ずさりしてしまう。

「そんなに怖がらないで大丈夫よ。あなたがここに来たのは必然、いつかはルーラと会ってここに来ることになっていたのよ。少し予想よりも早かったのは世界樹のおかげかしら？」

「その前に、僕をここに呼んだのはあなたの意志、という話を聞かせてもらえませんか」

「やっぱり、気になるわよね」

ルースティナ様はそう言って顎《あご》に手を当てた。

「ここ、というのは〝こちらの世界〟のことよ。あなたは来るべくして来たの」

「僕から財布を盗んだあの青年が、勇者になる予定だったたってマリーは言っていたんですが」

この世界に召喚される直前、僕は高校生くらいの青年に財布を盗まれた。

その泥棒の青年を追いかけていた時に突然光に包まれ、気が付くと目の前にテリアエリンの王と宮廷魔術師のマリーがいたのだ。

「そうね。あの子は確かに能力は優秀だったのだけど、性格がね……人がどうなってもいいと思っていたり、他人の物を我が物顔で使ったり。正直、最悪よ」

ルースティナ様は顔を歪《ゆが》めて答えた。

「それじゃ、ルースティナ様は最初から僕を召喚するつもりだったんですか？」

「そうよ」

「じゃあ、なんで僕のスキルがマリーの鑑定でバレなかったんですか？」

「単純明快な話よ。あの子に見せたら、いいように使われて用が済んだら捨てられるだけじゃない。そんなの許容できないわ」

ルースティナ様の問いに、僕は確かにと頷く。

あのまま王様やマリーにバレていたら、手下としてこき使われるだけだっただろう。人々のためになることだったらいいけど、戦争とか利権とか……そういうことのために使われていたかもしれない。考えただけでもゾッとするよ。

「なんで、僕だったんですか？」

「元々マリーの作った魔法陣では、あの青年が選ばれていた。それが発動する瞬間に、ちょちょいと魔法陣の効果をいじって、あなたを召喚させたの」

誰でもよかった、ということかな。

「近くにいたから、というのは一番の理由ね。でも、この世界に来てからのあなたを見ていると、あなたを選んでよかったと思ってるわ」

ルースティナ様は僕の心が読めるようだ。彼女はそう言ってくれた後、「立ち話もなんだから」と椅子に座るように促した。

僕と、服を着終えたルーラちゃんが着席すると、ルースティナ様も座る。次の瞬間、僕らとの間に机が現れた。ルースティナ様は机に頬杖をつき、僕に向かって微笑む。

「もしかして、世界樹の枝が採取できてしまうのもあなたのおかげでしたか？」

「世界樹の枝じゃと〜⁉」

今まで黙っていたルーラちゃんが、早速疑問をぶつけてきた。

まあ、世界樹の枝が採取できていましたなんて聞いたら普通は驚くよね。僕らはもう慣れてしまったからな〜。何だか反応が新鮮に感じる。

「ルーラ、その辺りは後で私が説明するから待っててね。……枝の話はね、世界樹がそうしてほしいって言ってきたのよ」

「ワルキューレが？」

ワルキューレは、世界樹の分体である少女だ。

「そうよ。だから、あなたを世界樹の主にしたくてそうしたの。枝を売れば色々と有利だと思ったのよ、それはしなかったようだけどね」

まあ、有利かもしれないけど目立ち過ぎるしなあ……。

「そうなのよ。結果的にそれで正解だったと思うわ。この世界のエルフの話は聞いたでしょ、世界樹の枝なんてものが市場に現れたら、すぐにエルフたちの耳に届いて大騒ぎになる。その時はその時と思って動く予定でいたんだけど、杞憂《きゆう》だったみたいね」

僕が呑気《のんき》に暮らしている間に、色々考えたり根回ししたりしていたのか。大変だったんだろうな～。

「あとは、神界に呼んだ理由も伝えないとね。でもその前に……コヒナタさん、今回の召喚の件、本当にごめんなさい。この世界の創造主としてお詫《わ》びさせて」

ルースティナ様は椅子から立ち上がり、綺麗に九十度腰を曲げて謝ってきた。

「そんな、頭を上げてください。そこまで不幸な目には遭《あ》っていませんから大丈夫です」

「いいえ、ちゃんと謝らなくてはいけません。あちらの世界の人との繋がりもあったでしょうに。突然こんな異世界に飛ばされて……」

何度も宥《なだ》めて、ようやく頭を上げてもらった。そんなに謝らなくて大丈夫なんだけどな。

元の世界での人の繋がりなんて両親とネットの知り合いくらいだ。兄弟もいないし、従妹《いとこ》はいたけど疎遠《そえん》だしね。自分で言っていて悲しくなるな。

「あなたが消えた後、コヒナタさんの両親はずっと探していたのよ。だから私は二人の夢の中に現れて、事の詳細を話したの。それでわかってくれて、今はあちらの世界であなたの幸せを願ってくれているわ」

「そうか、急にいなくなったらそうなるよね」

元いた世界から僕のいた痕跡《こんせき》自体が消えてしまった、ということでもないみたいだ。

自分がいなくなっても大丈夫だろうなんて思っていたけど、こうやっていなくなったことに気付く人がいるなら、迷惑がかかってしまうよね。

父さん母さんには申し訳なかったな～。

「二人はあなたの無事を知って泣いて喜んでいたのよ。お父様からは、『こっちじゃ彼女も作らなかったんだから、そっちじゃうまくやれよ』と言伝《ことづて》を預かったわ」

「親父……」

余計なお世話だよ。でもまあ、心配してくれてありがとう、親父。

「あんまりしんみりするのもなんですから、本題に入っていいですよ？」

「はい」

気を付けみたいな姿勢で立っていたルースティナ様は白い椅子に戻った。ルーラちゃんはずっと真剣なまなざしでルースティナ様を見つめている。

「ルーラにもこのことをちゃんと知っておいてほしくて、一緒に来てもらったの。意味はわかるわね」

「はい。〝穢《けが》れ〟の対処に関して、人族も力を貸しなさい、ということですね」

ルーラちゃんが敬語で喋っていて新鮮な感じだ。

のじゃとか年寄りじみた口調だったけど、見た目からすると今のほうがしっくりくるな。やっぱりあの喋り方は、巫女だから威厳《いげん》のようなものが必要ってことなんだろうか。

「ええ。世界が危ないって時に、人だからとかエルフだからとか言ってる場合じゃないのよ」

ルースティナ様はそう言った。そんなに危ないことなのかな？　僕が持ってる世界樹の雫をぶっかけるだけで終わりのはずなんだけど。

「そう、それをかければ、穢れに洗脳されている人は元に戻る。だけど、エルフの王エヴルラードにどれぐらい効くかはわからない。それに操られている大勢の兵士や、穢れそのものになってしまった側近もいるわ。真っ向から戦うのは大変よ」

「それをかければ、とは何をかけるのでしょうか……？」

僕の心の声が聞こえていないルーラちゃんは首を傾げた。

「世界樹から作った雫のことよ」

「また世界樹……」

ルーラちゃんはついてこられないようで目が虚《うつ》ろだ。無理もありません。

「これから冬が来るから、それに乗じて穢れも動くかもしれないけど、街の対処は今ある結界で大丈夫。ただこちらから攻めるとなると、コヒナタさんの作った街からエルフの国まではかなり遠いわ。だからこれをあげる」

ルースティナ様は、小さめの杖を地面から出現させた。

「これはエルフの国のブレイドマウンテンにそびえ立つ、デスタワーの頂上に転移できる杖よ」

「デスタワー⁉」

ルースティナ様の言葉にルーラちゃんが驚き戸惑《とまど》っています。

地理も何もわからないから僕は反応のしようがない。

「ブレイドマウンテンは、エルフの国でもよく知られている魔の山なんじゃよ。その名の通り刃物を使う魔物や、武器そのものの魔物が多くて、死亡率が高いんじゃ」

「そんな危険なところなの？」

「だから誰も登ろうとはしなかった。じゃが近年になってエルフが登るようになり、多くの者が命を捨てていったと聞く。……恐らく洗脳されて、登頂を命じられていたんじゃろうな。もっとも、タワーまでは着かなかったらしいが」

「……」

そこ、転移して大丈夫なの？　下山するのも大変なんじゃないのかな。

「大丈夫よ。デスタワーなんて言われているけど、それはただ人々がそう名付けただけで、本当は魔物を阻《はば》む結界が張られているし、命の泉もある回復ポイントなの。タワーでその杖を使えば、直接帰ってこられる仕組みになっているし、おトイレや温泉もあって、とてもいいところなのよ」

「へ、へ～……」

まるで観光案内をしているかのようなルースティナ様に、やや引いてしまう僕。ルーラちゃんも唖然《あぜん》としていた。

デスタワーのデスは、そこにたどり着くまでが死って意味なのかもね。

「誰もたどり着いていないからみんな知らないのよね。もったいない」

「ちなみに魔物の強さは？」

「レベルで言うと40～60くらいかしらね」

「60!?」

ルーラちゃんがあわあわと口を押さえて狼狽《うろた》えているけど、僕の装備を着ていれば３００レベルくらいのステータスになるから大丈夫だな。

「そうそう。コヒナタさんと仲間たちなら大丈夫」

「大丈夫なのか……」

ルースティナ様が両手を顔の前に上げてガッツポーズを作った。一方、ルーラちゃんは、呆れたような目で僕を見てきた。この光景もなんだか久しぶりなような気がする。

「その山からエルフの国の王都、エヴィルガルドまでは一日もかからない距離よ。そこから強襲して一気に滅《ほろ》ぼしちゃいましょう」

「いやいや、滅ぼしちゃダメでしょ」

ルースティナ様が恐ろしいことを言っている。元凶《げんきょう》のエヴルラードだけ倒せばいいんでしょ。相手の数は多くても、こっちだって人と装備は充分だから、やりようはあるはずだ。世界樹の雫がもし効かなければ、聖なる聖水も一緒にかけたっていい。

「あら、そう。思っていたよりもアイテムが豊富みたいで安心したわ」

「……あんまり心を読んで受け答えしないでくださいよ。こんがらがる」

「ふふ、ごめんなさいね。ねえ、その変わった聖水、私にも一本くれないかしら」

「神様にねだられちゃ、あげないわけにはいきませんね」

聖なる聖水という重ね言葉みたいな名前の水をあげた。喜んで飲んでいるが、心なしかルースティナ様の身体がポワッと輝いたように見えた。すぐに消えたから気のせいかな。

「さて、時を止めていられるのもこれまでね。ここからみんなを見守っているわ」

「止めていたんですね、ありがとうございます。少し心配だったんです」

精神だけこっちに来て肉体がそのままにされていたら、ウィンディたちにどんないたずらをされるかと思ってたんだよね。

「コヒナタさんはみんなに好かれていますからね」

またまた、心の中を覗《のぞ》いたルースティナ様が微笑んできた。

みんなも物好きだよね。僕みたいな人についてきてくれるんだからさ。

「では、また。何かあったらルーラちゃんと来ますね」

「そうね。来るにはどうしても彼女の力が必要だものね」

「レン、それでその……教会本部についても改めて頼みたいのじゃが」

「うーん、本部の話はもうちょっと考えさせてほしいけど。とりあえず、来てくれた人たちの住居は確保するよ」

ルーラちゃんから最初に受けていた、教会本部建設の許可が欲しいという相談。僕の言葉を聞いてがっかりしていたけど、彼女の兵士たちの住居は確保してあげたい。

これはまた、鍛冶《かじ》の王による建設ラッシュの予感。

◇

「——レンレン!?」

「大丈夫か？」

神界から帰ってくると、僕の身体は屋敷の二階の寝室に寝かされていた。

ファラさんとウィンディが心配そうに僕の顔を覗き込んでいる。

「ごめん、大丈夫……あれ、時間を止めたんじゃないのか……」

ルースティナ様は時間を止めたとか言っていたけど、少し経っていたみたい。

「ルーラちゃんが触ったとたん、二人ともフワッて身体が浮かんで、意識を失ってソファーに倒れちゃったんだよ。念のためベッドまで運んだんだけど、なんともなくて良かった……二人いっぺんに運んだから疲れたよ～」

ウィンディは自分の肩をもみながら言う。流石《さすが》、僕の装備を付けているだけあって力持ちだな。

「はは、ありがと。何も二人いっぺんじゃなくても良かったんじゃない？」

「ウィンディ、ちゃんと本当のことを言いなさい。最初はレンに覆《おお》いかぶさって何をしようとしていたんだ？」

「え～。女の子からそんなこと言えないよ～」

「……」

ファラさんは腕を組んで怒っている様子。

寝込みを襲うなんて、本当に美人が台無しだぞウィンディ。

ルースティナ様はまさか、これを見越してちょっと時間を進めていたのか？　なんとなくだけど、あの人そういうの好きそうだもんな。

「じゃあ、起きたところで正式にご褒美《ほうび》を」

「はいはい、それで今度はどんなことになっているの？」

ウィンディが僕にキス顔で迫ってくるのを止めながら、ファラさんが尋ねてきた。

隠しても仕方ないので、僕は二人にルースティナ様との話を報告した。

信じてもらえるか微妙と思っていたけど、二人は驚いている。

「神様って本当にいたんだね。正直、星光教会の嘘だと思ってたよ」

「私も……今の今まで信じられなかった。家を失くした時、私は神を捨てたからな……」

二人とも信じられないといった様子。

ファラさんの家は、昔ギザールとかいう貴族が壊した、みたいな話を聞いたっけ。彼女はその時に自暴自棄《じぼうじき》になってしまったんだね。

「まあ今があるのは、あの出来事があったからだから、もういいんだけどね。テリアエリンのギルドの受付係になっていなかったら、レンには出会わなかっただろうし」

「私もレンレンに助けてもらう直前、神はいないと思ったよ……」

懐かしいな。ウィンディも危ない目に遭ってたもんなあ。

「ルースティナ様はそんなにあちこちに手出しはできぬのじゃよ」

ファラさんとウィンディが俯きながら話していると、部屋の扉が開いてルーラちゃんが入ってきた。さっきルースティナ様にもらった白いドレスを着ている。側近のナーナさんも一緒だ。

「ルースティナ様は世界を救おうとしているお方――救済が及ばない人々がいるのは仕方のないことだと思います。ウィンディさんの場合は、コヒナタ様がいたというのもあるでしょうし」

ナーナさんがそう話す。僕がいたからあえて助けなかったってことか。何だか褒められているようで恥ずかしいな。

「言ってみれば、レンは神の遣《つか》わした天使みたいなものじゃろう。神の手の届かぬ人々を助けているのじゃからな」

「天使……」

勇者の次は天使ですか。確かに手の届く範囲で助けたいとは思っているけど、そんな大層なものじゃないいんだよな。

困惑しつつ、僕は話題を変えることにした。ルーラちゃんの要望について、みんなに改めて相談する。

「本部はともかく、教会は建ててもいいんじゃないかと思う」

ウィンディの言葉に、ファラさんも頷く。

「まあ、私も同感だな。信頼し切れないところもあるが」

教会本部を建てるとなると、事は大きくなる。信用できない教会関係者が関わってくる可能性も高いが、教会であればその心配はないだろう。

「じゃあ、それはOKにしようか」

僕らが結論を出すと、ルーラちゃんはお礼を言って頭を下げた。

「少しずつ認めてもらえるように頑張っていくのじゃ。回復魔法なり、戦力なりが必要な時はすぐに言ってくれ」

「私からもお礼を言わせてください。ありがとうございます、コヒナタ様」

ナーナさんにも頭を下げられる。教会を建てられるだけでも嬉しいのか、ルーラちゃんは喜んで飛び跳ねていた。

「あ、そうそう、エレナが元気になったんだよ」

「え？　そんなに早く？」

ハーフドワーフの少女エレナさんは、落盤事故の時に倒れ、体調を崩してしまった。最近は回復してきたとはいえ、まだ部屋にいることが多かったと思うんだけど……。

「いつも通り、雫を飲んで少し寝たら、急に顔色が良くなったんだって。それで少し身体を動かしてたよ。一応、大事を取ってまだ屋敷から出ないように言ってあるけどね」

「そうか～、よかった……」

ワルキューレの加護が効いたのか、あるいはもしかすると、ルースティナ様のおかげだろうか。ルースティナ様なりの、僕への償《つぐな》いなのかもしれないな。

「まあ一応、今日一日は大人しくしていてもらおう」

ファラさんが一安心した顔で笑う一方、僕は別のことに気付いた。

「あれ、そういえばクリアクリスは？」

神界に連れていかれる前は一緒にいたんだけど、今は姿が見えない。

「ああ、リッチと一緒に鉱山の掃除に行ってるよ。レンレンたちを運ぶ時にも手伝おうとしてくれたんだけど、クリアクリスの背じゃ階段が危なそうでさ」

「なるほどね。……とか言って、邪魔者《じゃまもの》扱いしたんじゃないの？」

「流石にそんなことしないよ～。私を何だと思ってるの～」

ウィンディはファラさんにからかわれて怒っている。僕もそう思っていたんだけど、違うのか。

「クリアクリスと一緒にレンレンを挟んで寝たかったもん。この街に来る前、野営した時にくっついて寝たのが忘れられなくて……」

「「「……」」」

ウィンディの言葉にその場のみんなは言葉を失くした。まあ、そうなるよね。正直ドン引きだよ。

僕としてはクリアクリスと一緒にという点だけは良いと思ったけど、口に出すのはやめよう。

「……では私たちは教会建設の準備に入りますね」

ナーナさんが気を取り直して、ルーラちゃんと一緒に部屋を出ていこうとする。

「あ、建設場所なんですけど、鉱山のある方角の、城壁の外側に建ててくれたらなーと思って」

「壁の外ってことですか？」

僕の呼びかけに、ナーナさんは振り向いて首を傾げた。

「そうです。あ、別に街の外に締め出すわけじゃないですよ。教会の皆さんの家を建てる場所を考えると、今の城壁内じゃ範囲が足りなそうなので……。だから今の壁は内壁にして、また外側にもう一周壁を作ろうかと」

「なるほどなるほど……」

「ちょっとみんな無視～酷い～」

ウィンディのことは置いてみんなで屋敷の外へ出ていくと、涙目で僕らを追いかけてきた。

まったく、前はエレナさんのことで泣いていたし、しおらしくて可愛いとか思っていたのに、ほんとこういうところは残念美人だよな～。

◇

翌日。ルーラちゃんたちが教会を建て始めるのと同時に、僕も作業開始。

街の範囲を広げるために、前回作った壁から百メートルほど外側に壁を作っています。

あくまで外壁なので、ミスリルを使うほどじゃないと思って、余っていた鉄を使う。だけど鉄の壁なんていかにも要塞《ようさい》みたいで無粋《ぶすい》だから、ミスリル壁を偽装《ぎそう》した時みたいに、見た目だけレンガのような感じにしてみた。

普通、鉄だとどうしても錆《さ》びてしまう。だけどそこは僕のコネた鉄、清らかな鉄に錆びという概《がい》念《ねん》はないようで、水に浸していても錆びません。もう検証済みなのだ。

「コヒナタ～、お堀はこの深さで大丈夫か？」

「ん、あ～っと。大丈夫そうですね」

遠くから声をかけてきたのは、ダークエルフのニーナさん。ハイミスリルで作ったスコップを担《かつ》いでいるのが見える。

お堀は僕の作っている外壁のさらに外側に、幅五メートル・深さ三メートルほどの寸法で作られる予定になっていた。

僕は外壁の上にいるのでみんなを見下ろす感じなんだけど、何だか偉《えら》そうで居心地が悪い。早く終わらせたいな……。

お堀の工事現場では、ニーナさんをはじめとして街のダークエルフさんたちが働いている。

あと、かつて僕がエリンレイズで牢獄石から救出して以来、僕を追いかけてこの街まで来てくれた女の子、イザベラちゃんもいる。

「どんどん壁に沿って掘っていきましょう。あとは街の水路と繋《つな》げれば、立派なお堀の完成です！」

「「「はーい」」」

イザベラちゃんの指揮のもと、着々とお堀の整備が進んでいく。こういう仕事をしていると、見た目よりはるかに大人っぽく見える。

みんなの持っているハイミスリルのスコップには、僕のスキルが付与されているので硬い岩もプリンのようにあっさり掘れていきます。

しかしまあ、こんなに強固《きょうこ》な街にする意味があるのか、と思ってしまうな〜。

強力な結界のおかげで悪意のある人は入れないし、雫も大量にあるから、穢れに操られている人を元に戻すのも簡単。門に来ても壁の上からかければ終わりでしょ。

もしエヴルラードたちが実際に攻めてきても、街のみんなや僕の仲間たちには勝てないと思うけどね。

それに、頼りになる人たちは他にもいる。

「お〜い、コヒナタ殿」

「あ〜、グンターさん」

フルプレートに身を包んだ男の人が歩いてくる。

冒険者の旅団［鋼《はがね》の鉄槌《てっつい》］のリーダーをやっているグンターさんだ。昨日、また団員を率《ひき》いて街にやってきたんだけど、ここの冒険者ギルドに登録したいと言われて、びっくりしたよ。

ワルキューレの結界には誰も引っかからなかったので、滞在も難なくＯＫになった。みんな、いい人なんだろうな。現に団員の人たちは、もうダークエルフさんたちと仲良くなりつつあります。

冒険者ギルドを誘致して初めての冒険者が、グンターさんたちになるわけだね。結構有名な旅団だと聞いていたし、ありがたい。

「何かありましたか？」

「少し相談が」

壁から降りて尋ねると、グンターさんは俯き加減で話してきた。何か言いにくいことなのかな？

「見てわかる通り、私のチームは無骨《ぶこつ》な者が多いというか……物理攻撃に特化しているだろう？」

「はい」

グンターさんの旅団の人たちは、ほとんどフルプレートの防具を着ている。その上、大きな盾や両手剣、大斧など、武器もまさに無骨なものばっかりだ。

ああいうのっていわゆるロマン武器ってやつだよな～。威力は高いけど扱いが難しい……そんなロマン武器で、これだけ大きな旅団を形成できている辺り、凄く統率が取れているんだろうなと感心するよ。

「それがどうしたんでしょうか？　僕はいいと思いますけど……」

ロマンのある武器や防具、結構じゃないか？　僕は好きだけどな。ドリルとかあったらもっといいね。グンターさんは何か不満でもあるのかな？

「いや、私もいいと思うのだが、サブリーダーがそうでもなくてな」

「何が『いい』だ！」

凛《りん》とした声がして、グンターさんの後ろからもう一人フルプレートの戦士が現れる。

顔も防具で隠れていてわからないけど、声からして女性みたいだ。

「五十人のクランになってもこんな編成じゃ、いつか痛い目に遭うに決まってる。私がこの街に来るのに賛成したのは、ダークエルフがいると聞いたからなんだぞ！」

「ああ、わかっている。しかし我々も彼らも、まだ関わり合うのに慣れていないだろう。だから、コヒナタ殿に頼んでいるんじゃないか」

フルフェイスの兜《かぶと》をつけたまま、彼女はグンターさんに詰め寄る。

グンターさんも負けじと言い返していて、何だか仲がいいな。

「お二人は仲がいいんですね」

「「どこが！」」

「ははは～……」

息もピッタリ、ここまでくるともう微笑ましいな。

「用件はわかりました。つまり、みんな物理攻撃ばっかりだから魔法を使える人が欲しいってことですね？」

「おお、話が早い。流石この街の長《おさ》」

大体の話は読めたので答えると、フルフェイスの女性が腰に手を当てて喜んでいる。無骨な集団のサブリーダーというだけあって豪気《ごうき》な感じだな。

「改めて、私は［鋼の鉄槌］のサブリーダーのシャイナだ、よろしく。グンターとは腐れ縁でな。同じ村でこいつの尻拭《しりぬぐ》いをよくさせられたものだ」

自己紹介をしつつも、兜を取らないシャイナさん。

「はんっ、尻拭いしていたのはこっちのほうだ」

「なにを！」

また口喧嘩《くちげんか》を始めちゃったよ。本当に仲がいいな～。

「大体、お前は。人に名乗る時に兜を被ったままでいいと思っているのか！」

「あ、やめ！」

グンターさんがシャイナさんの不意を突いて、兜を取った。

するとそこには、夜空の星のように輝く目が二つ。

「きゃ～！」

まるで裸《はだか》を見られたかのように、甲高《かんだか》い声を上げるシャイナさん。

街中から離れた場所でよかったよ。みんなの前だったら、驚かれていただろうね。

「こいつ、この目を見られるのが嫌でフルフェイスなんだよ。綺麗なのにもったいない」

「ですね。綺麗なのに」

「……」

煌《きら》びやかな金髪にキラキラの目、まるで童話に出てくるお姫様みたいです。

恥ずかしがって女の子座りになってしまっているシャイナさん、顔も赤くして両手で覆っている。

「じゃあ、ダークエルフさんたちにも伝えておきますね」

「ああ、よろしく頼む」

仲介を了承すると、グンターさんはシャイナさんの兜を置いて走り去っていった。

あれだけ重そうなものを着ていて、あれだけダッシュできるのは凄いな。なんて思って見ていると……。

「グンター……」

ゴゴゴゴと威圧的な気配を発しながら、兜を被り直したシャイナさんが追いかけていった。何やら凄く黒いオーラを纏《まと》っていたけど、あれなら魔法も使えるんじゃないかな？

ともあれ、外壁を作りながら仲介もすることになってしまった。

まあ、そこはニーナさんに言っておけば大丈夫でしょ。

第二話　ウィンディの本音

「あ〜、疲れた〜」

外壁を半分ほど作り終わった時、ウィンディがのろのろと壁の上にやってきた。

異様に疲れているけどどうしたんだ？

「大丈夫？」

「［鋼の鉄槌］の人と一緒に狩りに行ったんだけどさ〜。遠くから攻撃できる職と組んだことないみたいで、めちゃくちゃ気を遣ったよ……」

どうやら、ウィンディはダークエルフさんたちより先に、団員とパーティーを組んで狩りに行っていたようだ。ウィンディが気疲れするってよっぽどだな。

でも、よかったよ。ウィンディがソロじゃなくなって。

「これでウィンディも冒険者稼業《かぎょう》に戻れるね。おめでとう」

「……」

「馬車の御者《ぎょしゃ》は僕もできるようになったし、ファラさんもいるし。ウィンディさえよかったら、冒険者に戻っても大丈夫だよ」

「レンレン〜……」

「ウィンディとはテリアエリンからの付き合いだから、寂しくなるな〜」

「もう！　私はレンレンのパーティーメンバーだから！　今回は頼まれただけで、ずっとっていうわけじゃないからね？」

僕の言葉にウィンディは焦ったように答えた。冗談《じょうだん》なのに気付かないのかな。

「私はレンレンのものだから。今回は［鋼の鉄槌］の人たちが困ってただけだから」

「そんなに必死に言わなくてもわかってるよ。おめでとう」

「全然わかってない〜」

ウィンディは僕の腕を揺さぶって訴えてきます。からかい甲斐《がい》のある子だこと。

「これからは勝手に行かないから捨てないで〜」

「はいはい」

「あ！　探しましたよ。ウィンディさん」

ウィンディで遊んでいたら、鉄槌っぽい重装備の人が四人、城壁の階段を上がってきた。

狩りで一緒に組んでいた人たちかな？

「帰ってきたらすぐにいなくなっちゃうんですもん。やっと見つけましたよ」

「わ、悪いけど私はレンレンのものなの！　もう一緒には行けないから！」

ウィンディは四人を見ると焦ったようにそう言った。僕のものっていうのはちょっと違うと思うんだけどな。

「えっ、そんな」

「正式にパーティーに入ってもらおうと思ったのに」

残念そうに話す団員たち。どうやらウィンディは相当活躍したみたいだね。ステータス爆上げされているから当たり前か。

「僕らが射線を塞いでしまっていたのに、股下とかから敵を射抜《いぬ》いてくれて凄かったんですよ。ほんとカッコよかったな～」

「そうそう。私の時なんて、木の上から飛びかかってきた魔物を空中で倒しちゃうんだもん。尊敬しちゃいます」

「僕らは見ての通り、叩くか斬《き》るかしかできないから。ウィンディさんが入ってくれればさらに上を目指せると思ったんですけど……コヒナタさんのパーティーメンバーだったんですね」

尊敬の目でウィンディを見て話す青年たち。彼らはクランの中でも新米なほうなのかな？

それにしてもウィンディの弓の腕はまたさらに上がっているみたいだね。少し誇《ほこ》らしいな～。

「えへへ、そんなに褒められると照れる〜。ねえ、レンレン」

頭を掻《か》いて照れているウィンディ。

「はいはい。でも一個言っておきたいことがあるんだけど。僕に遠慮せず、他のパーティーに行ってもいいんだよ?」

「レンレン……」

軽口を叩ける仲間ではあるし、恩を感じてついてきてくれるのも嬉しい。でも、彼女をいつまでも縛ることになるなら、ちょっとそれもどうかなと思うのだ。

今のウィンディなら、名のある冒険者になれるだろうしさ。

「じゃあ、僕らのパーティーメンバーになってもらっても大丈夫ですか?」

「まあ、大丈夫だよ」

「やった〜、じゃあ早速、ウィンディさん。一緒にギルドに――」

「……」

団員の青年はウィンディの手を取って、降りていこうとした。

でもウィンディは立ち止まったまま、無言で僕を見ている。

目に涙が浮かんでいることに気付き、これはしまったかも……と思ったその時。

「やだやだ! やだよ〜」

「ちょっとウィンディさん!?」

ウィンディが急に叫んで青年の手を振り払い、その場にうずくまってしまった。

「私はレンレンと一緒にいたいの！　レンレンに助けられた時から私の命は……レンレンのものなの～～!!」

「「「…………」」」

叫び声が辺りに響く。何だか恥ずかしいな。ウィンディはそんな風に受け止めていたのか。

僕はちょっとした親切心で助けたつもりでも、ウィンディにとっては僕が大切な恩人だったみたいだ。流石に悪いことをしたなと気まずくなる。

「そうだったんですね、すいませんでした」

「私たち、軽率《けいそつ》でした」

青年たちはそう言って、城壁から降りていった。

うずくまったままのウィンディと僕は、重い空気の中です。

僕もからかい過ぎてしまった。ただ、ウィンディは僕に執着し過ぎなんだよね。僕に恩を返したいっていう意思の表れだとしても、もっと自由でいいんじゃないかな～。

しかし、この空気どうしよう。

「……さて、壁作りの続きをしますかね」

「……」

手持ち無沙汰《ぶさた》になってしまうので、僕は作業を再開。

コネコネコネコネ。沈黙の中、着々と壁ができていく。でもすぐに、下からイザベラちゃんの声が聞こえてきた。

「コヒナタ様～、お堀は完成しました～」

「あ～、イザベラちゃんありがとう。みんなもありがとね～」

お堀が完成して、街の水路とも繋げ終わったみたい。

「……よ～し、あとは壁を作れば終わりだな」

「……」

わざとらしく、声を大きめにして話す僕。いつものウィンディなら何か言いそうなものだけど、反応は返ってこない。ずっと顔を膝《ひざ》にうずめているままだ。

「いつまでもうじうじしているなんて、ウィンディらしくないよ」

「……」

コネコネしながらウィンディに声をかけた。

「ウィンディはもっと自由でいいんだよ。いつまでも、僕に執着する必要はないんだ。命を助けられたっていうのも、ファラさんと一緒に助けたんだし、僕に恩を返さないといけないなんて思わなくていい」

淡々《たんたん》と声をかける。だけど、ウィンディから返事はなかった。

少ししてから、鼻をすする音が聞こえてくる。

「私ね、レンレンに助けられた時、レンレンから目が離せなかったの。今思えば、一目惚《ひとめぼ》れってやつだったんだと思う……」

「……」

ようやく口を開いたウィンディは、滔々《とうとう》と自分の気持ちを話し始めた。

【龍の寝床亭《ねどこてい》】でレンレンに再会して、再確認した。好きになっちゃったんだなって。でも、迷惑にはなりたくなかったから、いつか恩を返せるように、近くにいたいと思ったの」

僕は壁を作る手を止めて、ウィンディの言葉に耳を傾ける。

そんな風に思ってくれていたんだね。

「まだ、私は恩を返せてないよ。離れたくない」

ウィンディは泣き過ぎて、えずいてしまう。

「でも、でも……レンレンが迷惑って言うなら、私……わたし……」

途切れ途切れになりながら話すウィンディ。何だか僕もつられて泣きそうになってしまう。

本当にからかい過ぎたな、反省しないと。ただ素直にごめんとは言えず、ゴーレムのゴーレを持ち出した。

「ゴーレが泣くからね」

「……えっ？」

「ゴーレが、相棒がいなくなったら悲しむよ。それに、ウィンディみたいな子を野に放ったら、どこに行っちゃうかわからない。何ならそのほうが色んな人たちに迷惑かけそうだ」

「レンレン？」

今さら、大事な仲間だよなんてまっすぐ言えないから、回りくどく言葉を紡《つむ》ぐ。

「まあ、何ていうか……ウィンディがいないとみんなつまらないだろうし。トラブルメーカーがいないとね」

「レンレン～」

ウィンディはまた泣き顔になる。

「そうじゃないとみんな暇しちゃ、わわ」

「わ～ん、好き～、レンレン好き～！」

頬《ほほ》を掻きながら僕が話していると、ウィンディが後ろから抱きついてきて、耳元で愛を叫んだ。

まったく、うるさいな～。泣き過ぎだし、ムードも何もあったもんじゃないよ。

「はいはい、嬉しいよっと」

「レンレン冷たい～。わ～ん」

後ろに手を回して、ウィンディの頭を撫でる。ウィンディは文句を言いながらも笑顔で泣き続けていた。

こんな美人さんに告白されるなんて、世の中何が起こるかわからないな。

手のかかる妹くらいにしか思っていなかったけど、これから真面目に考えてあげないとかわいそうだ。でも、僕にはファラさんがいるしな〜。

って、告白もデートもできてない僕が言えたことじゃないんだけど。

ウィンディを見習って、もうちょっと距離を縮めてみたいな。

◇

ウィンディとの話の後、壁も完成間近となった時、城壁にファラさんがやってきた。

「レン、ちょっといいかな？」

「どうしたんですかファラさん」

少し頬を赤くしてるファラさん。ついさっき考えていたことも相まって、ドキッとしてしまう。

「その……この街にも店が増えてきただろ？　よかったら一緒に回らないか？」

「えっ！　それって？」

「あ、ああ。まあいわゆるデートというやつだ……」

ウィンディに続いてファラさんまで……なんだろう、これがモテ期というやつか？

しかし、これはチャンスかな。僕から距離を縮めようと思っていた矢先にこれだ。

それとなくファラさんの気持ちを知りたかったけど、はっきりデートって言ってくれているし、
脈はあるんじゃないだろうか。

「いいかな？」

「あっ！　はい！　こちらこそ」

「よかった。それと……」

ファラさんは言い淀《よど》む。何だろうと思っていると、また驚くことを言われた。

「……そろそろ、敬語は使わなくていい」

「ええ!?」

今までずっと敬語で話してきたのに、いいんだろうか。

「私はもう随分前からこの口調だろう？　レンももっとくだけた話し方をしてほしい」

「そ、そうですか……わかりました。あっいや、うん、わかった」

口癖になっちゃってるから、これはちょっと慣れが必要かもしれないな。


ということで、壁の建設は一時中断して街の中をデートすることに。

商人ギルドもできたから、街の外との交易や商人の出入りも始まって、活気が増している。

ルーラちゃんたちが来なくても、いずれは街の拡張をすることになっていただろうね。

「この服だとどうだ？」

「綺麗です！　あ、えっと、綺麗だと思うよ」

「ありがとう……そうだ、私もレンの服を選ぶよ、どういうのがいい？」

「いいの？　そうだなあ……」

まず、できたばかりの服屋さんでお互いの服を選んで買って、軽く食事をしてまた買い物をして回った。元の世界でもこんなのしたことがないから、どうしても緊張してしまうな。

ただ自分で作った街に人がいっぱいいて、みんな幸せそうに暮らしているのがわかって嬉しい。

流石に子供はまだ少なくて、クリアクリスとイザベラちゃん、それに含めていいかわからないけどルーラちゃんしかいない。

でもこのまま人々が定着すれば次の世代も増えていくだろうし、とっても良い街だ。

「レン、本当にお金はいいの？」

「ファラさんはもうお金持ちだから、こんなこと言うのもおこがましいかもしれないけど、僕も男だからね。ここは僕持ちにさせて。いやだった？」

「ううん。そんなことない。とっても嬉しい、ありがとうレン」

買い物袋を抱きしめて微笑むファラさん。ん～、やっぱり綺麗だな～。

コリンズ邸《てい》でのパーティーの時のドレスもよかったけど、普段着の彼女も綺麗だ。

今回、買い物した服も可愛かったしね。

道路脇のベンチに座って一休みしている間も、ファラさんの横顔に見惚《みと》れてしまった。

「ん？　どうしたの、レン」

「え!?　ううん、なんでもないよ。あっ、そうだ。ファラさんって髪型変わってるよね。片方だけ三つ編みなんて」

「……へ、変かな？」

「え？　ううん、そういうわけじゃないよ」

表情が一瞬暗くなったファラさん。話題を変えようと髪型の話をしたんだけど、聞いちゃいけないことだったかな？

「私の家がなくなったのは、本当に突然のことだったんだ。ギザールの件があった後、何者かに突然家が襲われた。その時、お母様がちょうど私に三つ編みをしてくれていた最中でね……」

「そ、そうなんだ……」

髪型の話はタブーだったな……悪いことを聞いてしまった。

「すっごく似合ってるよ、ファラさん」

「えっ」

「ファラさんってなんていうか、戦っている時は凛々《りり》しくてカッコいいんだけど、いつもは可愛いじゃない？」

「か、可愛い……」

僕の言葉に、顔を真っ赤にするファラさん。

「凛々しさと可愛さを兼ね備えてる人だと思うから、その三つ編みを見ているとファラさんそのものだなって感じがした」

「そ、そうかな……」

三つ編みをいじりながら照れるファラさん。

「今までこの髪型を褒めてくれた人はいなかったんだ。レンが初めてだよ、ありがとう」

「ははは」

ファラさんは顔を真っ赤にしながらも喜んでくれた。

僕もこうやってちゃんと褒めるのは、ファラさんが初めてです。やればできるじゃん、僕も。

ベンチで少し休んだ後、日も暮れてきたので僕らはそのまま屋敷に帰った。

告白には至らなかったけど、デートは概《おおむ》ね成功でしょう。次は僕から誘えるようにならないといけないな。

それからは、みんなといつも通り夕食。城壁は結局今日には完成しなかったけど、一刻を争うものではないし、構わない。それよりも、仲間との時間のほうが大事だよね。

◇

「エレナさん、具合はどう？」

その日の夜、寝る前にエレナさんの部屋を訪ねた。昨日、ウィンディが回復したと言っていたけど、一応自分の目でも確かめておこうと思ったのだ。

僕が部屋に入ると、エレナさんは恥ずかしそうに布団にくるまって小さくなる。

「う、うん。大丈夫だよ。部屋の中でだけど、軽く身体を動かして、大丈夫そうだったし」

たどたどしく話すエレナさん。顔が真っ赤になってる。

「エレナさん、また熱が出てるんじゃ？」

「ええ!?　そ、うかな……」

「ちょっと失礼」

「ちょ、レン！」

エレナさんのおでこに触れる。エレナさんは驚いて僕を見つめてきた。

う～ん、熱はなさそうかな？

「レン……」

「どうしたんですか、エレナさん」

「……」

名前を呼ばれたので見つめ返すと、彼女は何故か目を瞑《つむ》っていた。

目にゴミでも入ったのかな？

「えっと……」

「……」

静寂《せいじゃく》が部屋を包む。エレナさんは目を瞑ったままだ。どうしよう。

「エレナさん、身体のほうはどうですか～。……って、何をしているんですか？」

「「イザベラちゃん！」」

静寂を破ってくれたのはイザベラちゃんだった。内心ホッとしながら迎え入れる。

イザベラちゃんが、エレナさんに向かって言う。

「あまり興奮しないようにしてくださいね、エレナさん」

「こ、興奮って！　そんなこと」

「そんなことないんですか？」

「……わ、わかりました」

顔が赤かったのは、興奮していたからってこと？　イザベラちゃんに怒られて、エレナさんがシュンとしてるよ。でも、興奮って一体何にだろうか？

「本当に、みんなコヒナタ様が大好きなん――」

「ちょっとイザベラちゃん！　ははは～、レン聞こえなかったよね」

「え？」

「聞こえてないよね！」

「は、はい」

エレナさんは、焦った様子でイザベラちゃんの口を塞いだ。

圧のある口調で僕に念を押してくる。聞こえなかったことにしたいみたいだけど、流石にこの距

離なので聞こえちゃいました。まあ、ここは空気を読んで頷いておこう。

「ぷはっ。もういいでしょ、エレナさん」

「あっ、ははは、ごめんね、イザベラちゃん」

「では、汗を拭《ぬぐ》いますので服を。コヒナタ様は、すみませんが外へ」

「はーい」

イザベラちゃんに選手交代。僕は退場ということで、部屋をそそくさと出た。

まあとにかく、元気そうでよかった。一時はどうなることかと思ったけど、これで安心だな。

◇

翌朝。

「そういえば、イザベラちゃんのお店は大丈夫なのかな？」

ポーションを売る店を作ったって、前に言ってたよね。

お店ができてから全然見に行ってなかったので、壁作りの前に寄っていくことにした。

壁作りと同時に始まった教会は、完成までにまだしばらくかかりそうだ。

まぁ、それが普通なんだけどね。

ルーラちゃんたちはいい人だと思うけど、気軽に手出しするのは良くないと思って僕は手伝わないことにした。

　これは僕だけがどう思うかじゃなくて、他のみんなのことを考えた結果でもある。この前できた商人ギルドも冒険者ギルドも、建築の時には手伝わなかったからね。贔屓《ひいき》するみたいになっちゃうのは良くないと思ったんだ。

　ルーラちゃんたちも、元々自分たちで建てるつもりだったようで了承してくれた。

　イザベラちゃんに話を戻すけれど、彼女もルーラちゃんたち同様、とてもいい子。

　彼女のお店の前に着くと、先客がいた。

「あら？　コヒナタさん」

「ニブリスさんじゃないですか」

　テリアエリンの街で出会ってから、ずっと良くしてくれているおばあさん。でも只者ではなくて、各地の商人ギルドをまとめている偉い人だ。

　この街にギルドを誘致する話を持ち掛けてくれたのもこの人だし、感謝してもしきれない。

「イザベラさんを見ませんでしたか？」

「いえ、今日はまだ……もしかすると、まだ僕の部屋にいるかもしれません」

「あら、そうですか。少し困りましたね……」

　イザベラちゃんに用があったみたいで、顎に手を当てるニブリスさん。何があったんだろう？

「何か急ぎの用事でも？」

「実はイザベラさんのポーションの在庫がなくなってしまって」

「ええ！　ついこの間、いっぱい卸《おろ》してませんでした？」

「ええ、そうなんですが……〔鋼の鉄槌〕の方々が大量に買ってくださったのに加えて、別の街に卸したものも完売しているようで……また大量に必要になってしまったんです」

イザベラちゃんは結構働き者だから、暇な時間はポーションづくりに費やしている。

この間はマジックバッグに自作の回復ポーションを三百本入れていた。

しかも、それが完売したというのだ。

「凄いですね」

「はい。流石イザベラさんというか、聖水というか……」

ニブリスさんは満面の笑みで見つめてくる。

しばらく話していると、イザベラちゃんが帰ってきた。

「ハァハァ。ニブリス様、お待たせしました……」

「ああ、お帰りなさいイザベラちゃん」

屋敷から走ってきたらしく、息が上がっている。

「コ、コヒナタ様、いらしてたんですね……中に入りました？」

「ん？　いや、入ってないけど」

「そ、そうですか……（よかった）」

イザベラちゃんは何故かホッとした様子で何か呟いている。中に何かあるのかな？

「忙しいのにごめんなさいね、イザベラさん。ポーションの件なんだけど……」

「えぇ、追加のポーションですね。できてますよ」

「よかった。本当に助かるわ」

イザベラちゃんはすぐにお店の鍵を開け、ニブリスさんを連れて店へと入っていった。

戸締まりもちゃんとしているみたいだね。街のダークエルフさんたちには全然そういう習慣がないから、こういうところでも彼女の性格が際立つな～。

商談が終わるまで外で待っていると、中から二人の話し声が聞こえてきた。

「ふふ、イザベラさんは絵が上手ね」

「は、はい。すみません、すぐに片付けますので」

「この絵は売らないの？」

「ダメです！　これはしゅ、趣味ですから」

「あらそうなの？　もったいないわね。この街でだけでも、販売してみたらいいのに」

へえ、イザベラちゃんは絵も描いているのか。どんな絵を書いてるのかな？

「なになに、イザベラちゃん、絵を描いてるの？」

「ふふ、そうなんですよコヒナタさん。ほら」

店の中を覗くと、ニブリスさんがイーゼルに置かれた絵を手に取って見せてくれた。

鍛冶をしている男の人の姿が描かれている。これ、もしかして僕？

「ニブリス様！　ダメです！」

「あら、怒られちゃった。ごめんなさいね、コヒナタさん」

「は、はあ？」

イザベラちゃんはニブリスさんの持っていた絵を取り返して、頬を膨らませて怒ってる。僕が見たらいけないものだったみたい。それにしてもいつの間に描いたんだろう？

「ご、誤解しないでくださいね、コヒナタ様。元々風景画を描いていたんですが、人物画も描こうと思って描いただけなんです」

イザベラちゃんは早口でまくしたてる。顔を真っ赤にしてて何だか可愛いな。

「ふふ、それならもっと色んな人の絵を描かないとね」

「か、描いていますよ？」

「あら？　そうなの？　ここにはコヒナタさんの絵しか見えないけれど～」

「わ～！　お求めのポーションはもうバッグに入れましたから、用が済んだら早く帰ってください～！」

ニブリスさんの声に被せるように、大きな声を上げるイザベラちゃん。おかげでニブリスさんが何を言ったのか聞こえなかった。

こんなに慌てるイザベラちゃんは初めて見るな。

「ふふふ、追い出されちゃった」

「多分、ニブリスさんがからかい過ぎるからですよ」

僕らはお店を追い出されてしまった。ニブリスさんの顔を見ると、ニヤニヤと嬉しそうにしてる。

「コヒナタさんは人気者ですね。若い人たちが羨《うらや》ましい」

「え？　ニブリスさんも充分若いじゃないですか」

「あら、嬉しいことを言ってくれますね、ふふふ。ではポーションも手に入りましたし、邪魔者は退散するとします」

手をヒラヒラと振って去っていくニブリスさん。これから早速、各地にポーションを卸しに行くのだろう。

「……邪魔者って？」

去り際の言葉に首を傾げていると、お店の扉が小さく開いた。

「あ、あの、コヒナタ様。さっきはすみません。少し相談したいことがあるので、中でお茶でもいかがですか？」

「え？　入っていいの？」

イザベラちゃんは顔を真っ赤にして頷いた。

お店に入ると、もう絵はなかった。イザベラちゃんが恥ずかしがって片付けてしまったのだろう。

それからしばしの時間、くつろがせてもらった。彼女の話は相談というより、街のみんなについての雑談だった。

話し方が大人っぽいから、子供と話しているとは思えなかったな。

イザベラちゃんは凄く楽しそうに話していて、僕も楽しくなっちゃった。

世界に通用するレベルのポーションも作れるようになったし、これからもみんなのために頑張ってほしいね。

第三話　いざ転移

「みんな、そろそろ準備はいい？」

僕らは、ルースティナ様が言っていたデスタワーに転移してみることにした。追加で作っていた外壁も完成したし、時間は充分ある。

仲間のみんなには、世界樹の麓《ふもと》、つまり屋敷のリビングに集まってもらってます。

「準備はいいんだが……メンバーはこれでいいのか？　私とレン、それにファラとウィンディの四人だけだが」

リッチがメンバーを確認し、僕に尋ねてくる。

「うん、大丈夫」

もちろん、全員で行くことも考えた。ルースティナ様は安全だって言ってたしね。

でもデスタワーなんて名前が付いている以上、流石にエレナさんとか非戦闘職の人は危ないと思うんだよね。クリアクリスもできるだけ危険な目に遭わせたくないので、外すことにした。

「私も行く〜」

「ごめんね、クリアクリスはお留守番」

「行くの〜！」

クリアクリスが駄々をこね始めてしまった。

「ダメだよ、クリアクリス〜。レンレンは私が守るから安心して？」

「嫌〜、私も行く〜」

ウィンディが軽く宥《なだ》めようとしたけど、クリアクリスのご機嫌はさらに悪くなっていく。

「クリアクリスはこの街の要《かなめ》なんだよ。出ていっちゃったら困る」

「イザベラ？」

クリアクリスに、イザベラちゃんが声をかけた。何か策があるみたいだね。

「あなたはこの街で一番強いの。一番強い子が外へ行ってしまったら、この街が危ないよ」

「でも〜……」

「この街の誰かが傷付いたら、コヒナタ様が悲しむよ。この街を守るのが、あなたにとっては一番大切な仕事なのよ」

「え～……そうなの？　お兄ちゃん……」

イザベラちゃんの諭《さと》すような話を聞いて、クリアクリスは指を咥《くわ》えながら涙目で見つめてきた。

そんな目で見つめられたら連れていきたくなってしまうけど、イザベラちゃんの策を無駄にしないためにも涙を呑んで答える。

「僕もクリアクリスがここを守っていてくれると助かるし、心置きなく遠出できるんだけど、どう？」

「う～……」

「クリアクリスにしか頼めないな～、どうしようかな～」

「……」

僕の言葉に、クリアクリスは涙目のまま悩んでいる。

その姿がとても可愛くて、余計に連れていきたくなっちゃったよ。

でも、イザベラちゃんの言っていることは嘘ではないんだよね。

元衛兵のエイハブさんと斥候職《せっこう》のルーファスさんがいるし、あとは強化されたダークエルフさんたちもいる。普通の敵なら簡単に撃退できてしまうだろうけど、クリアクリスがいてくれれば、その安心感が倍増するのは確かだ。

なんと言っても、水と炎の槍を携《たずさ》えた女神だからね。ミスリルとアダマンタイトの短剣も最高に強いし、安心感が違うよ。

「お兄ちゃん、困る?」

「ああ、クリアクリスが留守を守ってくれないと困るな〜」

「……じゃあ残る!」

「ありがと、クリアクリス」

「えへへ」

僕はお礼を言いながら、クリアクリスの頭を撫でる。

嬉しそうに頬を赤くしているクリアクリスに、少し罪悪感を覚えてしまうね。

杖の転移先はタワーに固定されていて、少し魔力を流すだけでいい。素人《しろうと》にも簡単に発動できるのはありがたいね。

「じゃあ、みんな行ってくるよ」

僕はそう言って転移の杖を発動させた。

◇

「わ〜……でっかい街が見えるね〜」

「あそこが王都エヴィルガルドね」

転移の杖の光が僕らを包んで一瞬で視界が変わった。ウィンディが街の大きさに驚いて、ファラさんが街の名前を呟く。

山の頂上にあるタワーからの眺めはとても綺麗だった。天気もいいので、どこまでも見える。

中でも一際目を引くのが、城壁に囲まれている大きな都市だ。

そこが敵の本拠地エヴィルガルド、エヴルラードが支配している王都だね。

「まずはスケルトンを先行させて、タワー周辺の安全確保だな」

「任せた。オークとゴブリンも一緒に行かせるよ」

リッチの召喚するスケルトンも頼りにはなるけど、強敵が多いと聞いていたので、僕の従魔も召喚して行かせることにした。

武器防具が強くなったオークとゴブリンも、活躍したいだろうからね。練習がてら戦ってもらおう。

「じゃあ私は屋上から外を監視してみるよ」

「ありがとう、ウィンディ。そうだなあ、僕はタワーを住みやすくしておこうかな」

これからこのタワーは、僕らの拠点になるからね。

無限タンスや寝室を作っておかないと不便だよね。

「相変わらずのマイペースだね。レンは……」

「強者《つわもの》しかたどり着けないこんな場所に、別荘を作るか。面白い」

ファラさんには呆れられて、リッチにはククと笑われてしまった。

拠点の快適さは重要だよ。それに標高が高いから結構肌寒いし、暖かくしないと。

「じゃあ、私はリッチと一緒にタワー周りを掃除するか」

ファラさんは早速、外の敵と戦ってみるようです。

「大丈夫なの？」

「レンの装備があるんだから大丈夫だよ、それにリッチも居るからね」

ルースティナ様の話じゃエルフでも厳しい強さらしいけど、大丈夫なのかな？　ベテラン冒険者のファラさんが大丈夫って言うんだから信じるけど、心配だな〜。

「サイクロプスたちを出しておくから、危なくなったらすぐに引いてね」

「ああ、ありがとう。でも大丈夫だよ。私はレベル54まで上がっているからね」

保険として、タワーの外にサイクロプスとサイクロプスリーダーを召喚しておくことを伝えると、ファラさんは笑いながら答えた。

会った時はレベル50って言ってたけど、今までの戦闘で4レベルしか上がってないのか……本当に、この世界のレベル上げって厳しいな。

そういえば、自分のレベルを長らく確認していなかったよ。ちょっと家具設置がてら見てみようかな。

◇

ファラさんとリッチを見送った後、僕は家具の設置に取り掛かった。

このデスタワーは高さ五十メートルほどで、半径二十メートルほどの円柱型をしている。

中央の螺旋《らせん》階段が各階を繋いでいて、確認すると十二階建てになっていた。エレベーターがないのはキツいなと思いつつ、最上階から順に色々置いているところ。

どうせダメージは受けないから、降りる時は窓から降りちゃえばいいけど、階段じゃあ登りが面倒くさい。防御力は上げられても、精神までは強化できないのです。

そういえばステータスなんだけど、凄いことになっていました。

レン　コヒナタ
レベル　75
【HP《体力》】5690　【MP《魔力》】5380
【STR《筋力》】650　【VIT《生命力》】630
【DEX《命中性》】620　【AGI《敏捷性》】750
【INT《知力》】550　【MND《精神力》】550

スキル
アイテムボックス【無限】　　　　鍛冶の王　【C】
採掘の王　【C】　　　　　　　　採取の王　【C】

いつの間にか僕はファラさんを超えてしまっていたようです。

ベテランでレベル50だったファラさんが4レベルしか上がっていないのに、異世界から来てレベル1スタートだった僕がレベル75って、どういうこと？　明らかに取得経験値の量がおかしいでしょ。

「レンレン〜、見える範囲に魔物はいなさそうだよ〜、って凄い何これ！」

顎に手を当てて考え込んでいると、ウィンディがやってきて驚きの声を上げた。

驚くのも無理はない。階段以外に何もなかった部屋が、ホテルみたいになっているからだ。

豪華《ごうか》なダブルベッドと無限タンス、ブックチェスト、そして全身が映る大きな鏡。ダークエルフの街を開拓した時に手に入った素材や設計図で、色々作れるようになったんだよね。

鏡は、カマドが手に入った時に試しに作ってみたんだ。作り方は、おかしなことにハンマーで叩くという工程だった。鏡なのに、ハンマーで叩いても割れないのは不思議です。

「ここ、私の部屋にしてもいい？」

「最上階でいいの？」

「うん。最初に作った部屋って、何だか特別っぽくていいじゃん」

そういうもんかな？

ウィンディが嬉しそうにダブルベッドへとダイブした。枕も布団も、スパイダーズの糸から作っているので丈夫で柔らかい。マイルドシープの毛皮も織《お》り交《ま》ぜてあるから癒しも半端ない。

「ちょっと、寝ちゃダメだよ。ファラさんたちをサポートしに行ってあげて」

「あう～、レンレンのいけず～。でも、リーダーの命令は絶対だよね。行ってきまーす」

「はい行ってらっしゃい。しかし、リーダーねえ」

ふざけて答えたと思ったら、ウィンディはすぐに顔をキリッとさせて、階段を降りていった。

この頃、ウィンディはしっかり者の面が強くなっている気がする。

「あっ、ウィンディにも参考にレベルを聞けばよかった。まあ、僕がチートなのはわかりきってるからいいか」

忘れたことを忘れることにして、残りの部屋を改造していく。
五、六階以外は全部同じ間取りにして、その二つの階はキッチンと娯楽室にしよう。
まずはキッチンとなる六階から。

壁際にカマドを置き、火の魔石の入ったミスリル製の台も設置する。これならお鍋やフライパンも使いやすい。いわゆるコンロだ。

あとは窓に風の魔石を取り付けて換気扇《かんきせん》にしたり、カマドの前にキッチンカウンターのような机を置いたり。さらに部屋いっぱいの長机と、椅子もセットで配置。

「無限冷蔵庫も設置っと。食材もいくらか入れておこう」

作り置きしておいたサンドイッチやらシチューやらをしまっておく。野菜とかお肉とか、料理に使える食材もいっぱいあるので、五十個ずつ詰めこんでおこう。

僕がいなくても、飢《う》えないようにしないとね。

「あ、ドロップ品が入ってきた」

いいタイミングで、ファラさんたちの狩りがスタートしたみたい。

サイクロプスたちに動きはないので、少し離れたところで戦闘しているらしい。でもドロップ品が入ってくるなら倒せているってことだし、大丈夫そうだね。

「〝リビングウェポン〟に〝ブレイドランナー〟のジェムか……どんな魔物だろう？　特にランナーのほうは想像がつかないな～」

リビングウェポン《生ける武器》ってことは、多分剣やら槍やらがそのまま動くタイプの魔物だろうけど、もう片方がわからない。ブレイドランナー《走る刃物》って、それもリビングウェポンじゃないのかな？

「とりあえず、出してみるか」

確認するため二匹を出すことにした。

「リビングウェポンは想像通りだね。剣二本で一体の魔物なのかな？」

リビングウェポンは西洋風の剣が二本、ユラユラと浮いている魔物だった。

「ランナーのほうは、六本の剣で人型になってるのか。なかなかカッコいいね」

こちらは頭部と思《おぼ》しき剣の鍔《つば》が、武士の兜みたいになっている。刃物特有の光沢で、全身が光っているね。人型で走るからランナーってことなのかな？

見た目からして、明らかにリビングウェポンの上位種だな。

「これからよろしくね」

『『ギャリン！』』

挨拶を交《か》わすと、二匹の魔物は剣と剣をぶつけあって答えた。少しうるさいな。

その後、ファラさんたちは狩りに没頭したのか、日が傾く頃まで帰ってこなかった。

そして、アイテムボックスにはドロップ品が山のように入ってきた。

新しい魔物も、両手じゃ足りないほど手に入ってしまった。ここいらの魔物は、普通の人じゃ勝てないんじゃなかったのかな？　ファラさんたちが強過ぎるだけ？

さらに僕たちの戦力がアップしちゃってますよ。

◇

「えっと、君はアイアンソルジャーで、次がミスリルソルジャーね」

すっかり大所帯《おおじょたい》になった従魔を一列に並ばせて、名前を確認していく。

一種につき一匹の制限があってよかったよ。これで所持数も増えていたら管理し切れない。

単体でも強力な物理キャラたちだから、装備は必要なさそう。装備はダークエルフさんたちに優先して回したいから、従魔にはあんまり行き渡らないんだよね。

少し弱めの武器ならいくらでもあるんだけど、この子たちならいらないだろう。

「はーい、じゃあ今度はコネコネするからね～」

とりあえず、全員にコネコネ強化を施《ほどこ》す。ゴーレムたちと同じようなものだろうから、清らかシリーズにしてしまおうと思ったのだ。

「あれ？」

ところがコネコネしてみると、一番先頭のリビングウェポンの様子がおかしい。

「光沢《こうたく》が……それに金みたいな色に」

どういうことだろう。ゴーレムやスケルトンの時は、コネても聖属性が付くだけだった。この魔物たちは違うのか？

「とりあえず、次の子も」

ブレイドランナーもコネコネ……やっぱり金色に輝いてしまう。

「わけがわからないから鑑定しよう」

聖属性を付けたくてコネコネしていただけなのに、妙なことになっているような気がする。

兎《と》にも角《かく》にも鑑定です。鑑定先輩お願いします。

【ヒヒイロカネでできたブレイドランナー】通常よりも強固で頑丈、切れ味抜群《ばつぐん》。

「……見なかったことにしようかな。っていうか金じゃないんだね～」

金色になったから金だと思ってたんだけど違った。ゲームでよく見る、ヒヒイロカネさんでしたよ。ってそうじゃなくて。

「魔物なのに、なんで上位互換されてるの……」

もしかしてスキルアップが原因？　そういえば鍛冶の王のレベルが上がってから、まだ従魔はコネコネしてなかったよね。

「しかし金色は流石に目立つな～」

リビングウェポンもブレイドランナーも、金ぴかで夕日をいっぱい跳ね返している。

何だか魔法も跳ね返してしまいそうなくらいの輝きだ。……まさかね。

「一応、試してみようか」

僕は恐る恐る、火の魔法を一発ブレイドランナーに放ってみた。

すると火の玉はブレイドランナーに当たった瞬間、僕に跳ね返ってくる。

「熱っ!?　やっぱりそうなんだね……」

エルフの国に攻め入るにはもってこいの魔物が出来上がってしまった。

とりあえず、今出しているこの子たちは金ぴかにコネコネして、戦う時だけ出すことにしよう。

彼らは僕の秘密兵器だ。強力な魔法を使う相手と戦わせるのを想像すると、顔がにやけてしまうよ。

こうして全員、「ヒヒイロカネの」という言葉が頭についた魔物になっていく。

アイアンソルジャー《鉄》も例外ではなかった。面白いとは思うけど、言いにくいったらありゃしないね。


さて、タワーは整備できたし、一旦街に戻ろうかな。

ルースティナ様は、タワーで杖を使えば転移先に戻れると言っていた。

タワーを調べてみると、塔の頂上に宝石の埋め込まれた台座があるのを発見。鑑定したところ転移の杖と同じ石のようだ。杖を通してこの石に魔力を注げば、転移元の場所に帰ることができるらしい。魔法って本当に便利だな。

みんなの話では、このエルフの国まで来るには、人間の国々を横断しないとダメらしい。

山を越えて海を渡って、さらにまた山を越える必要があるんだとか。下手すると日本からインドとかネパールぐらいの距離かもしれないね。考えるだけでも億劫《おっくう》だよ。

でも、そうなるとエルフたちが僕らを攻めに来るのって相当大変だよね。

差し当たって一番用心すべきは、教会の悪い奴らや利権狙いの貴族の方かもしれない。

アーブラ司祭の私兵みたいな規模の軍団がいっぱい来たら、流石に怖い。

まあ、少しでも頭が良ければ不利だと気付いて攻撃なんかしないと思うけど、頭の悪い人はあの世で後悔するしかないな。


狩りに出ていた面々が戻ってきて、全員が揃った。

「みんなお疲れ様。それじゃ、帰ろうか」

「そうね」

「……ん？　街の外でスケルトンたちと交戦している者がいるようだな。それも大勢だ」

「え？」

どうやら、リッチのスケルトンたちが侵入者を見つけたようです。噂をすれば影と言いますが、お馬鹿さんがやってきたのかな？

ちなみに街道以外からの侵入者は、全部スケルトンが攻撃することになっている。

リッチのスケルトンたちは地面に隠れることができるから、いち早く敵を発見することができる。

いわば警報装置のような役割につけるのだ。

侵入者に対し、警告代わりに攻撃するスケルトンはとても弱くしてある。ただ大量にいるから、侵入者もそれを見て逃げてくれればいいんだけどな。

わざわざ街道ではないところを歩いて街に来る者たちは、怪しい。どこかに隠れて、夜になったら潜入することも考えてそうだ。まあ、結界があるから入れないけどね。

「とりあえず帰って様子を見ようか」

「そうだね」

僕らは塔の頂上へ向かい、転移の杖を使用した。

第四話　エルフが来たそうです

転移して屋敷に戻ると、ニーナさんが街のダークエルフさんたちに指示を飛ばしていた。

僕に気が付いたニーナさんは、笑顔で駆け寄ってくる。

「あ、コヒナタ。戻ってきたか」

「ニーナさん、侵入者だって？」

「ああ。街にはもちろん入れないんだが、森の中にいるみたいだ」

「わかった。エイハブさんとルーファスさんが向かったのかな？」

「いや、真っ先にクリアクリスが走っていって、それを追いかける感じで二人が向かった。私はとりあえず、侵入者の来ている方向を監視するために、みんなを配置していたところだ」

「なるほど……ってクリアクリスが行っちゃったの？」

「ああ」

張り切っちゃってるのかな？　守ってくれると嬉しいとか言ったのが裏目に出ちゃったかな～。

「レンレンに喜んでほしいから、意気込んでそうだね」

「ああ、クリアクリスはレンが好きだからな」

ウィンディの言葉にファラさんが同意する。二人とも楽しげなんだけど、心配じゃないのかな？

「とにかく、侵入者を見に行こうか」

「そうだな。私のスケルトンたちが数人捕まえたようだ。情報を得ることができるだろう」

侵入者がどれほどの強さかわからないけど、あの数に押されたら、普通の人たちじゃ勝てないよね。

「戦いは既に勝敗がついている。圧勝といったところか」

リッチの報告を聞きながら、みんなで街の外に向かう。

やっぱり、僕の仲間たちはすっごい頼もしい。関わる前に終わってしまうから、僕が役に立っているのか不安になるけどね。

街を出て街道のほうへ歩いていくと、結界を抜けた先に、エイハブさんとルーファスさんが立っていた。二人の周りには複数の人と、同じ数のスケルトンたちの姿が見える。あの人たちがスケルトンに捕まった侵入者かな？

「レンレン、あの人たち、耳が長いよ」

「ああ、エルフだ」

ウィンディとファラさんの言葉を聞いて、僕は捕まっている人たちを見据《みす》える。

白い肌に長い耳、服装は革の鎧《よろい》だ。それに弓矢をスケルトンたちが抱えている。それがこの人たちの武器だったんだろうね。

「おう、レン！　来たか」

「とうとう、エルフがやってきたぞ」

僕らに気付いたエイハブさんとルーファスさんが手を振って迎えてくれた。

やっぱり、エルフみたいだね。距離からして攻めに来るのは難しいと思っていたのに、びっくりだ。

「三十人ほどで攻めてきたみたいだが、十人ほど捕まえたら、他は逃げていった」

「クリアクリスを止めるの大変だったぞ」

どうやら、クリアクリスが追撃しそうになったのを止めてくれたみたい。本当、二人を残していって正解だったな～。

「良かった……クリアクリスは？」

「相手が反撃してくるかもと森の中で待ち伏せしていたが、もう戻ってくるよ」

ルーファスさんがそう言って、森の中を指さした。そこに何やら光が見えた。

「たっだいま〜」

「クリアクリス！」

クリアクリスの持っている、炎の槍の光だったみたいだ。

手足の防具についたブースターを駆使して、すっ飛んできたクリアクリス。本当にアメコミのヒーローのように飛び回るし、使いこなしているのがわかる。

「お兄ちゃん、私、五人も捕まえたよ」

「ははは、やっぱり凄いな〜、クリアクリスは」

クリアクリスは、後ろ手に誰かを引っ掴んでいた。捕まっているのとは別に、もう一人捕まえてきたようだ。なかなか豪華な鎧を着ているぞ。

「気絶しているな」

「結界があるから、街には入れられないね」

呆れた様子で、ファラさんとウィンディが呟く。

「じゃあとりあえず、ここに牢屋と詰所《つめしょ》みたいな施設を作ろうか」

夕日も沈みかけているから、ぱぱっと作っちゃおう。

◇

「このくらいでいいかな」

トンテンカンと、簡易的な建物を建てる。門の衛兵が使うための施設だね。

敷地は二十五坪ほど。入ってすぐの部屋にキッチンとテーブルセットを揃えておいた。衛兵の休憩所といった感じだね。

その部屋の奥に、扉を挟んで二十畳ほどの牢屋を作った。今回、捕まえた人が多いからどうしても大きく作らないといけなくなったんだけど、やりすぎだったかもな。

牢屋や衛兵用のベッドは、モフモフのものしか持っていないので、それを二段ベッドで配置。

休憩所から牢屋とは別の扉を開けると廊下になっていて、衛兵の寝室が三部屋ある。仮眠室と言っていいかもしれないね。六畳ほどの部屋にタンスと洗面所があって、ベッドはロフトの上に置いている。空間を有効に使ったのだ。

タンスはもちろん無限タンス。洗面所の水は屋上の水タンクから出る感じだ。

下水はそのまま垂れ流しだけど、聖なる聖水になっているので、ちょっとやそっとのことでは汚《お》水《すい》にならない。

そうそう、実はこの間、街のプールとお堀も聖なる聖水にアップグレードした。これまで以上に綺麗な街になっています。

ともかく、施設はこれで完成だね。

「おまたせ。完成したから捕まえた人たちを運んでいいよ」

「相変わらずの手際《てぎわ》だな。私のスケルトンたちにやらせよう」

リッチがエルフたちを連れてきてくれるみたい。

「じゃあ、俺たちは一番豪華な鎧を着ていたエルフに話を聞こうか」

「そうだな」

エイハブさんとルーファスさんがそう言って、スケルトンたちと同じ方向に歩いていく。僕も同行したほうがいいかな？

「もちろん、レンも来いよ」

「あ、やっぱり行かないとダメ？」

「ダメに決まってるだろ」

尋問とか嫌いなんだよね。前にコリンズの手下を尋問した時は、美味しいものをあげただけで済んだけど、本当は痛いことしないといけないんでしょ。何だか嫌だな〜。

「安心しろ、エルフが操られてるってんなら、雫をぶっかければ終わりなんだからな」

「ああ、それで自白させれば万事解決だ」

あ〜、そういえばそうだったね。これでエルフの国の内情が筒抜けになるのだろうか。

何だか、安心した。血を見ないで済むんだね。

あれ？　でもそれで終わるってことなら、この施設を作った意味ないじゃん……。

まあ、街道を見張っている人たちの休憩所とか、不審な人を捕まえておいてもらう時に使ってもらえばいいかな。活用法は多分あるはずだ。


「おいおい、まだ気絶してるぞ……」

「呑気《のんき》に寝ていられる状況じゃないだろうに」

豪華な鎧を着たエルフは、まだ目を覚まさない。エイハブさんとルーファスさんは、呆れて首を横に振っている。

「レン、雫を」

「了解」

エイハブさんに言われて、僕は世界樹の雫をぶっかけた。

「ぶあ！　なんだこれは……身体が溶ける～……」

「ええ⁉」

雫をぶっかけられたエルフは、なんと豪華な鎧を残して消えてしまった。

「レン……何もお前……」

エイハブさんがドン引きした様子で僕を見た。

「いやいや、エイハブさんがかけろって言ったからかけたんじゃないですか！　それにまさか水で死ぬなんて思わないでしょ」

そういえばルースティナ様が、穢れそのものになってしまった側近がいると話していた。

その話を二人にすると、エイハブさんが目を丸くする。

「ってことは、こいつがその側近――幹部ってことか？」

「た、多分」

早くも幹部を一人屠《ほふ》ってしまったということなのかな？

「うう、私は何を……ここはどこだ」

その時、周りにいたエルフたちが、我に返ったような声を上げた。幹部の男がいなくなった瞬間こうなったってことは、やっぱり操られている状態だったのかもしれない。

「こうなったら、全員結界内に入れてみよう。話はそれからだ」

「そうだね。それが一番確実だ」

エルフ全員を拘束したまま、僕らは結界内に入ってみることにした。その間、何も説明しないのも何なんだけど、人間が説明しても信じないと思うんだよね。

なので暴れようが叫ぼうが、そのままスケルトンたちに担《かつ》がせる。

「まったく、うるさいエルフたちだ」

リッチの呟きに、ルーファスさんがエルフたちの気持ちを代弁した。

「まあ、恐怖は恐怖だろうな。こんなにいっぱいのスケルトンに囲まれてんだからよ」

僕らを囲むようにして、スケルトンが並走している。逃げられても、そこで確保するから大丈夫。

担がれているエルフたちは半狂乱で、喉が嗄《か》れんばかりに叫んでいる。

確かに恐怖だろうな～。この世界に来る前の僕だったら、ガタガタ震えてしまうに違いない。もう見慣れてしまったからなんともないけどね。

「あれ～、レンレンもう終わったの？」

街のほうへ歩いていると、僕らを見つけたウィンディが声をかけてきた。

彼女の後ろにはファラさんたちもいて、鍋やカゴを持っているのが見える。

「エルフたちが正気に戻ったと聞いてね。せっかくだから、外でみんなで食べようかと思ったんだが」

「あ～、そうなんだ」

首を傾げていると、ファラさんが鍋を掲げて答えた。エルフたちのことを聞いて、ご飯を与えるついでに、みんなでパーティーをするつもりだったみたいだね。

「あれ？　結界内に入ってるけど大丈夫なの？」

ファラさんたちの後ろで、エレナさんが首を傾げている。彼女の見ているほうを見ると、エルフを担いでいるスケルトンたちが、街の中に入っていくのを確認できた。

良かった、清い心のエルフさんたちのようだ。

「エルフの皆さん、安心してください。私たちはあなたたちの敵ではありませんよ」

「……」

全員で街に戻った後、エルフさんたちの拘束《こうそく》を解《と》いて僕は話した。

それでも、記憶を失っているらしいエルフさんたちは疑心暗鬼《ぎしんあんき》になっているようで、自由になった手足を気遣いながら怪訝《けげん》な顔をしていた。

「エルフの者どもよ、安心しろ。そなたたちは操られていただけなのだ。このお方――コヒナタさんのおかげで解放されたのじゃよ」

ダークエルフの長《おさ》であるボクスさんが、僕の代わりに言葉を紡ぐ。それでもまだまだ僕らを怪しんでいるね。

「何かする気があれば、もうとっくに殺している。私たちは同じエルフを傷付けない」

「……ここはどこなのだ？　それにあれは世界樹なのか？　失われた世界樹が何故」

ニーナさんの言葉を聞いて、エルフの男が呟く。完全に記憶を失っている感じだね。みんな狼狽《うろた》えているよ。

「まあまあ、皆さんお疲れでしょうから、食事をしながら話しましょう」

僕はそう言って準備を始めた。

みんな怖がっているけど、安心させるにはどうしたらいいんだろう。とりあえずはお腹いっぱいになってもらって、それからかな。

◇

プールの近くに開《ひら》けた場所があるので、そこでパーティーを始めた。エイハブさんとルーファスさんには、念のため警戒してもらっている。

大丈夫だと思うけどね。結界を通れたってことは、悪意のない人たちのはずだから。

「どうですか？　楽しめてます？」

「あ、いえ。何が何やら……」

オドオドした様子のエルフの青年に、話しかけてみた。

彼はイケメンなのに何故か親近感が湧く。オドオドしている姿が昔の僕みたいだからかな。

「適当に食べて、まずは腹ごしらえしてくださいね。後でエルフの国のことを聞きたいので、その時はよろしく」

「あ、はい……」

エルフの青年にワインの入ったグラスを渡して、僕は肉を焼いている場所に向かった。

プールから程近い屋敷の側に、屋台のような感じの焼き場を設けてある。焼き場の炎は、まるで世界樹を祀《まつ》るかのように煌々《こうこう》と輝いていた。

ちなみに今回は魔石を使っていません。やっぱり外でのパーティーは火に限るね。

だけど、世界樹が燃えたら大変だから、そこんところはちゃんと備えがある。水の魔法を封じ込めた魔石をそこら中に配置しているのだ。元の世界の消火器みたいなもんだね。

「イザベラちゃん、人手は足りてる？」

「はい！　ダークエルフさんたちが頑張ってくれています。それにリッチさんのスケルトンや、コヒナタ様のオーク君とゴブリンさんもいるので、充分過ぎるくらいです」

「それは良かった。エルフさんたちを安心させないといけないからね。火に気を付けてね」

「はい！」

イザベラちゃんの頭を撫でる。彼女は嬉しそうに頬を赤くして、良い返事をした。

は〜、本当にいい子だな〜。彼女の義父だったコリンズも、領主になんかならずに、静かに暮らしてこの子を愛《め》でていれば良かったのに。まあ、投獄《とうごく》されている今となっては遅いけどね……。

「じゃあ、エレナさんのところも見てくるね」

ひとしきり撫で終わって、イザベラちゃんの頭から手を離した。

「はい……ありがとうございます」

イザベラちゃんは名残惜《なごりお》しそうな声を漏らしていた。やっぱり、人肌恋しいのかもしれないな。

この年でお父さんがおかしくなって、伯父さんも投獄されるなんて、普通は耐えられないよね。

そうそう、イザベラちゃんのお父さんは肉付きも良くなったし、回復してきている。

これもワルキューレのおかげかな。あとは牢獄石みたいに魂を閉じ込めている術者を倒すだけだ。

どうせならその封印術みたいなものを、僕が習得できたらいいのにな。

倒せない相手に向かって使える最終奥義《おうぎ》、燃えるじゃん。

「レンレンが怪しい顔してる」

「なんだ、ウィンディか」

「なんだとはなんだ～。レンレンのくせに～」

ウィンディにはお皿運びなどをお願いしていて、洗い場に行ってきた帰りらしい。肩に手を回して胸を押し当ててくる。

ほどよい膨らみが否応《いやおう》なしに僕の意識を持っていってしまう。相手がウィンディじゃなくてファラさんだったら、一瞬で鼻血ものだね。

「楽しんでいるみたいだね」

「まあ、そこそこ。［鋼の鉄槌］の人たちがまたしつこかったけどね」

ウィンディが苦笑しながら［鋼の鉄槌］の集まりを見つめる。

今あのクランの中で、ウィンディの株は跳ね上がっている。やっぱり、研ぎ澄まされた弓の技術を大きく買われているのだ。確かに、当初会った時よりかなり強くなってるもんなあ。

あ、そうだ、レベルを聞くのを忘れていたね。

「ウィンディは今、レベルいくつになったの？」

初めて会った時から少しして、レベル20になったと言っていた気がする。あの時、僕はレベル12とかだったんだよな、確か。

「ふっふっふ、よくぞ聞いてくれました、レンレン。私のレベル、気になる？」

「そういうのいいから早くして」

「レンレン冷たい～。でも、そういうところも好き」

ウィンディがもったいぶるから、ついつい突っ込んでしまった。ウィンディはというと、それをものともしないで僕に愛を叫ぶばかり。まったく、ぶれない妹分だなあ。

「では、発表します。私のレベルは……なんと43です！」

「へ～、そうなんだね」

う～む、そんなもんか。やっぱり、僕だけ取得経験値が爆上げされているみたいだね。これもルースティナ様のご加護なのかな？

「反応うっす！　レンレン、反応薄過ぎるよ」

ウィンディは僕のリアクションに不満があるみたい。仕方ないだろ。凄いは凄いけど、僕はそれ以上の75なんだからさ。

「まさか、レンレン……私よりもレベル高いの？」

「えっ……」

「その反応……」

しまった、勘付かれてしまった。ウィンディは顔を僕に近付けてくる。じりじり寄ってくるのを両手で押さえながら、僕もじりじり後ずさる。

「高いわけないだろ……」

「じゃあ、言ってよ！　友達でしょ」

「え～、どうしようかな～」

「やっぱりおかしい。レベルくらい言ったって大丈夫なはずじゃん。もしかして、ファラさんよりも上？」

「……」

「……」

ウィンディの問い詰めに、僕は言葉を詰まらせた。

彼女は膝から地面に崩れて、手をつく。

「まさかと思ったけど、レンレンにそんなにレベル差をつけられちゃうなんて。異世界人おかしいよ……」

「ウィンディ、元気だしな。君には君の良いところが」

「慰《なぐさ》めはいらないよ、レンレン……思えば、最初から私より強いくらいだったしね。ただ、ただね。私のほうが先輩だと思っていたから、傷付いただけ……」

ウィンディが、らしくないほど傷付いている。涙目で僕を見つめてきた。

「レンレン～、私傷付いちゃった。だから、慰めてほしいな～……っていないし！」

ごめんねと言いかけたんだけど、何だか嫌な予感がしたので僕はすぐに離れたのだった。

エレナさんの様子も見に行かなくちゃいけないからね。

◇

「エレナさーん」

ウィンディから逃《のが》れて、今度はエレナさんのもとに到着。

エレナさんは額に汗をかきながら、肉や野菜を焼いていた。

「疲れてない？」

「うん、大丈夫だよ。ニーナさんたちも手伝ってくれてるし」

肉をみんなに配っているのは、毎度おなじみのメイド服を着たダークエルフさんたち。エルフの男性陣は、その姿に釘付けのようです。

ダークエルフを迫害してきたという話だったけど、今はそんなことはないみたい。やっぱり迫害を始めた時点で、既に操られてしまっていたんだな。

「ニーナさんたちも、エルフさんたちの不安を解消しようと頑張ってくれてるんだね」

エルフさんたちは、知らない間にこんなところに来て不安だろう。迫害の過去があっても、彼らのために働いてくれるダークエルフさんたちには感謝だな。

「あ、コヒナタ。どうだろうか、この服は？」

ニーナさんが近くを通りかかり、お盆を持ったまま、くるっと一回転して、服の感想を求めてきた。

「え？　綺麗ですよ」

「そ、そうか？」

僕が素直に言うと、ニーナさんは頬を赤くして両手で顔を押さえた。

「フォッフォッフォ、若いの〜。どうじゃ、コヒナタさん？　ニーナを嫁にしてみては」

「お、おじい！」

僕たちの話を聞いていたボクスさんが、からかってきた。取り乱すニーナさん。

まったく、僕がニーナさんに釣り合うわけないじゃないか。あんなに美人でスタイルの良い人を連れて歩いていたら、怒られるよ。

「またまた、ボクスさんはからかい上手ですね〜」

「フォッフォッフォ、まあ、今はそれでいいじゃろう。ですが諦めませんぞ。私たちダークエルフはあなた様に何も返せていないということをお忘れなく」

僕に何も返せていないか〜。充分、返してもらっていると思うけどな。

僕は周りを見渡した。

人族、エルフ、ダークエルフ、それに魔獣。みんなが種族を超えて交流している。

この街は僕を安心させてくれるんだよね。もちろん、自分で作ったからっていうのもあるかもしれないけど。

「そうじゃ、コヒナタさん。この街の名前を付けてはくれませぬか。ダークエルフの街では名前になっておらんですし、ギルドも誘致したのですから、あったほうがいいと思いますぞ」

「ええ!? 僕が付けるの？」

街の命名を頼まれてしまった。元々ここは、ボクスさんたちが作った集落なのに。

「ボクスさんが付けてくださいよ」

「何言ってるの！ レンレンが発展させた街なんだから、レンレンが付けないとダメだよ！」

いつの間にか現れたウィンディがそんな声を上げる。

周りを見渡すと、みんなうんうんと頷いていた。イザベラちゃんなんか、メタル音楽でも聞いているかのようにぶんぶん首を振っている。首を痛めるから、そんなに頭を振っちゃいけません。

「名前とか考えるの苦手なの、知ってるでしょ」

「ワルキューレはとても良い名だと思いますが？」

後ずさりしながら言うと、ワルキューレが空から降りてきた。それは思わずというか、思い付きだし、引用だし……。

「……わかった。わかったから、少し考えさせて」

みんなの期待に満ちた視線が痛かったので、とりあえず了承して、待ってもらうことにしました。

「後で言うから、みんなはそのままパーティーを楽しんでください」

パーティーは楽しまないと損だからね。とりあえずみんなはパーティーをしていてください。

一方の僕は下を向き、顎に手を当て考え込む。どうしたもんかな。

「パーティーが終わるまでには決められそう？」

「うわ！　ファラさん」

ファラさんが心配そうに僕の顔を覗き込んできた。思わずドキッとしてしまうから、やめてください。

「なんとか考えてみるよ」

「コヒナタ様、こちらのジュースをどうぞ」

近くの席に座って考え込んでいると、今度はイザベラちゃんが来た。

ブドウジュースを差し出してくれたのでありがたく受け取る。

「あ、ありがとう。イザベラちゃん」

「い、いえ……」

「クリアクリスも～」

「はいはい」

イザベラちゃんの頭を撫でてあげると、クリアクリスが頬を膨らませてせがんできた。嬉しそうに目を細める二人。幸せな瞬間だな。

「幸せで平和な街……ピース……ガルド、じゃちょっとゴツいな」

なんとかガルドっていうと、立派な都市とか要塞とかそんな感じがするんだよね。ちょっと厳《いか》ついイメージになっちゃう気がする。

ここは心の清い者なら種族を問わず入れる街だ。どちらかというと、理想郷とかそういう感じじゃないかな……。

「理想郷……ユートピア……ピース、ピア……これだ！」

閃《ひらめ》いた僕が勢いよく立ち上がると、頭に衝撃が。

「痛ぁ！」

声のしたほうを見ると、ウィンディが額を押さえて呻《うめ》いている。どうやらイタズラかハグをしようとして、後ろから忍び寄っていたようだ。

まったく、こっちは真剣に考えていたというのに。

「バチが当たったウィンディは放っておいて。皆さん、決まりました！」

「酷い！」

うずくまるウィンディは無視して、みんなに叫んだ。

みんなの視線が僕に集まる。

「この街の名前は今日からピースピアです。みんなが種族を問わずに平和でいられる街！　ピースピア！」

『……』

あれ？　外しちゃったかな？　みんな無言で顔を見合わせている。とても静かです。

「あれ？　ダメだった？」

『うおぉぉ～～～！』

「うわ！」

心配になってきたところで、みんなから歓声が上がった。僕は驚いて、倒れそうになる。

「びっくりした」

「いい名前だと思います！」

「みんなが平和でいられる街。いいね」

びっくりしている僕に、みんなが感想を述べてくれた。

この街の名は今日からピースピア。これからもずっと平和な街だ。

最初は通りかかっただけの小さな集落だったけど、今となっては僕らの大事な居場所だ。ずっと守っていかないとね。

◇

「ん……なんだ、重い……それに真っ暗？」

目を覚ますと、全身が重く自由が利《き》かない状態になっていた。

確か、昨日はパーティーがあって、みんなで楽しんで街の名前を決めて……そうだ、お酒をウィンディに飲まされたんだっけ。

それから記憶がない。

背中に感じるのはベッドのフカフカだ。ということは寝室だと思うんだけど。

「う……身体が動かない」

「あん……」

「へ？」

なんとか身体を動かそうとすると、突然甘い声が聞こえた。ドキッとして身体が強張る。

まさか……。

「レンレンのエッチ……むにゃむにゃ」

「この声は……ウィンディ、ということは」

「んん……レン。私も行く……」

ウィンディに加えて、反対側からも声がする。こっちはエレナさんだ。

両腕が動かないのは、この二人に抱き付かれてるからか。

じゃあ、真っ暗なのは誰かが僕の顔に覆いかぶさっているということ？

重たくない割に、力が凄くて起き上がれないのを考えると……。

「お兄ちゃん、私頑張る〜、むにゃむにゃ」

やっぱり、クリアクリスか。装備のステータス強化がなくても、こんなに力があるのか。まったく凄い子だ……ってそんなことを思っている場合ではない。

「みんな起きて～」

みんなの力が強いのはわかったから起きてください。

「……これは」

「まさか、レンレンが狼《おおかみ》に？」

「いやいや」

お酒を飲んだからって、この状態で僕だけが悪者はありえないでしょ。

クリアクリスをようやく顔から引き剥《は》がして起き上がると、やっと状況が呑み込めた。両手だけじゃなく、両足にもファラさんとニーナさんが抱き付いていたのだ。

さらに胴体には、ラッコみたいにイザベラちゃんがくっついて寝息を立てている。何だこりゃ……。

「ほら、イザベラちゃん起きて」

「んん～。あれ？　ここは……それに皆さんも……。きゃ～！　私ったらはしたない」

身体をゆすってあげると現状を把握して、着崩れていた服を元に戻す。

みんなも微笑ましそうに見ていないで服をちゃんと着てください、目のやり場に困るよ。

「お酒を飲んだレンをみんなで担いで、寝室に来て、談笑していたところまでは覚えているんだが」

「私もだよ～。何でこうなってんだろうね」

この状態でファラさんたちは考察を始める。そんなことはいいから服を……。

「しかし、コヒナタの身体は締まっているな」

「うん、本当。会ったばかりの頃とは大違いだね」

何故か、上半身裸なんだよね。自分で脱いだ記憶はない。

って、ウィンディは出会った頃の僕の裸を見たことあるのか？　覗きをしていたことになるぞ！

まあ、見られても減るもんじゃないし時効にしてあげよう。それよりも早くみんなに出ていってほしいんだけどね。

「とりあえず、着替えるからみんな出ていってくれるかな？」

「わかった。みんな、レンが困ってるから出よう？」

「あ～、エレナったらいい子ぶっちゃって～。本当は見たいんでしょ？」

「ウィンディ、変なこと言わないでよ！」

「あはは、やっぱり～」

「違うったら！」

出ていってほしいんだけどな～。

そう思っていたら、クリアクリスがウィンディを両手で担いで扉の外へポイ。

「わ～!!」

「お兄ちゃんが困ってるからみんな出て～」

「ははは、クリアクリスには勝てないな」

ニーナさんが笑いながら部屋の外へと歩いていき、みんなもそれに続いて出ていってくれた。クリアクリスの圧に負けた感じだな。

「お兄ちゃん、これでいいでしょ？」

「ああ、ありがとうな。クリアクリス」

「えへへ」

クリアクリスが抱き付いてきたので、頭を撫でてあげると嬉しそうに笑った。

「お兄ちゃん、いい匂い」

「ははは、そうか？」

「うん、とっても安心する～」

安心する匂いか。何だか恥ずかしいな。

誤魔化すように頬を掻き、僕はクリアクリスから離れて身支度《みじたく》をする。

「今日はどうするの？」

「う～ん、そうだな～」

街のほうはイザベラちゃんやクリアクリスに任せているから大丈夫。デスタワーも拠点としての整備は完了してるから、敵さんの偵察にでも行こうかな。

おっとそうだ、その前にエルフさんに色々と聞くことがあるんだったな。

操られていた間の記憶はなくても、記憶を失くす前の情報は聞けるはずだ。

「エルフの人たちを集めて話を聞いてから考えるよ」

「え〜、お話？　長いお話嫌い〜」

クリアクリスから文句が飛び出す。

「ははは、そうだろうな。つまらないもんな」

子供にとって大人同士の話し合いはつまらないよな。僕も小さい頃は、お母さんが近所の人と話していると早く帰ろうと急かしてたからな。

「街から離れなければ魔物狩りして大丈夫だから、話し合いの間は遊んでたらいいよ。ウィンディと一緒にね」

「やった〜、ウィンディと狩りに行く〜」

クリアクリスは喜んで外へ駆けていった。

少ししてウィンディの「きゃ〜」という叫び声が聞こえてきました。多分、クリアクリスに担がれて森に向かったんだろうね。

その後、僕はニーナさんに言って、エルフさんたちを屋敷に呼んでもらうことにした。

一階に降りると、ファラさんが朝食を作ってくれていたので、ありがたくいただくことに。

今日は目玉焼きとポークソーセージ。好きな人の料理って、なんでこんなにも癒してくれるのだろうか。

しかしその間もずっと、朝のみんなの身体の感触が僕を苛《さいな》んでいた。あれは男にとって毒でしかないな。

癒しといえばそうなんだけど、そのまま流されると、どうなるかわかったもんじゃないよ。

今回の教訓！　お酒は飲んでも飲まれるな！

第五話　エヴルラード

「コヒナタ、エルフの代表を連れてきたぞ」

ニーナさんが僕らのいる屋敷に戻ってきた。

一階のリビングに、ファラさんとワルキューレ、それにエイハブさんとルーファスさんがいる。

あとはイザベラちゃんにも話を聞いてもらうことになった。

彼女のお父さんのこともあるからね。何か情報があるかも。

エルフの代表さんは、髭《ひげ》を生やしていた。

昨日はのびのびとパーティーを楽しんでくれていたけど、やっぱり一人だと心細いみたい。

「どういった御用で？」

恐る恐るといった様子だ。

「そんなに畏《かしこ》まらないでください。ささ、こっちのソファーにどうぞ」

「あ、はい」

向かい合わせのソファーに座ってもらって、早速お話を聞いていこう。

「改めて、僕はコヒナタレンと言います。一応、この街のトップ……ということになっています」

「は、はあ……。私もとりあえずの代表をしています。ノソンと言います」

弱気なエルフさんのノソンさん。何だか親近感が湧くな～。僕と同じ匂いがするよ。

「では早速、記憶のあるところからでいいんで、お話を聞いていいですか？」

「そう言われましても……記憶がある時はとても平和で、他の街に攻め込むなど考えたこともなかったのです……どれほど時間が経ったのかもわかりませんし、今のエヴルガルドがどうなっているのかも……」

「え？　エヴルガルド？　〝エヴィルガルド〟じゃなくて？」

「はい、エヴルガルドですが……」

あれ？　おかしいな。街の名前はエヴィルガルドじゃなかったっけ？

「ファラさん？」

「エヴルガルドか……三十年も前の名前だ」

ファラさんに尋ねると、そんな答えが返ってきた。エイハブさんたちもそれに頷いている。

ノソンさんが嘘を言っている様子もないし、ということはエルフさんたちは三十年も操られていたことになるのか。

「えーっと、じゃあ……エヴルラード王は、ご存じですか？」

「はい、もちろんです。エヴルラード様はいつも私たちのような下々《しもじも》の者にも気を使ってくださって、とても優しい王様です」

「いや……他国からは、エヴルラードは暴君だと言われているぞ。馬車から降りる時に、手を貸さなかったというだけで従者の手を切った、なんて話もあるくらいだ」

明るい声色で答えたノソンさんに、ファラさんが厳しい口調で口を挟む。やっぱり今の情報とノソンさんたちの記憶には齟齬《そご》があるみたいだ。

「そんな！　エヴルラード様は一緒に畑仕事をしてくださるようなお方ですよ！」

「だが、他国の情報では――」

「その話が嘘なんです！」

「ノソンさん、落ち着いて」

さっきまで気弱そうだったノソンさんが声を荒らげて否定している。

それほど、かつてのエヴルラード王は民衆から慕《した》われていたってことなのかな。

「……すいません。取り乱しました」

「いえいえ、それだけ皆さんにとって、エヴルラード王はいい人だったってことですよね」

「はい、思い出せばきりがありません。魔物の群れとの戦いでも、自ら前線で戦ってくださったんです。そんな王は、エヴルラード様しかいませんよ」

まるで英雄の話をする少年のように、目を輝かせるノソンさん。

「その話は有名だ。絵本でも語られているくらいにね」

「ああ、昔話だな。エルフの王とされていたが、エヴルラード王の話だったのか」

ファラさんとルーファスさんはそんなことを言う。人族の間でも有名な話なんだな。

「ノソンさん。これは、エルドレット様——人族の王には話す予定なんですけど、エルフの皆さんにも知る権利があると思うので言っちゃいます。今のエヴルラード王は、穢れと呼ばれる存在に乗っ取られてしまっているんです」

「乗っ取られた!?　それは、エヴルラード様は無事なんですか？」

「もう三十年も前のことですから……今のところ、絶望的ですね」

「そんな……」

ノソンさんは俯いてしまった。

ノソンさんたちにとって、エヴルラード王がどれだけ大きな存在だったかがわかって心苦しい。

そこへワルキューレが口を挟んだ。

「今のエヴィルガルドは、穢れに支配されていると言っても過言ではありません。ノソンさんたちは、当分の間は帰れないと思ったほうがいいです」

「そ、そうですか……」

「でも、心配はいりませんよ。この街に滞在していれば大丈夫。発展途上の街ですから仕事もあり余っていますし、住居もたくさんありますから」

「ありがとうございます」

ワルキューレが事実を話しながら、ノソンさんの不安を払拭《ふっしょく》してくれた。気遣いしつつ話している姿は女神様みたいだ。戦乙女《いくさおとめ》の姿なので尚更だな。

事実、エルフさんたちからしたら世界樹は神とそんなに違わない存在なんだよな。

僕らの街は二桁《けた》程度の人数だったら、余裕で受け入れ可能だ。流石に百人を超えてくると、また街の範囲を広げないといけなくなっちゃうけどね。

「あの、ところであなたは？　尋常《じんじょう》ではない神々《こうごう》しさを感じるのですが……」

ノソンさんがやや困惑した様子でワルキューレに問う。

「私は世界樹ワルキューレ。このコヒナタさんのおかげでこの世によみがえったのです」

「えっ？　世界樹様!?」

「そうです」

「まさか、顕現《けんげん》なさるなんて……」

ノソンさんは狼狽えながらワナワナと手を震わせ、お茶を一口飲んだ。

「……私たちエルフは、ワルキューレ様、コヒナタ様の傘下《さんか》に入ります。どうぞご自由にお使いください」

落ち着きを取り戻したノソンさんはソファーから立ち上がり、床に頭を擦り付けてそう言った。

僕はただただ困惑する。

「あなたは世界樹様を顕現させられるほどの魔力の持ち主です。エヴルラード様でもできなかったことだ。それができる御方のためならば、私は命を捨ててもいい。みんなもそのはずです」

「……」

顕現したこと自体が僕のおかげだったのか⁉

ステータスが爆上げされていたから、名前を付けただけで顕現させることができたんだろう。

ん、いや待てよ？　このことをワルキューレが知らないはずないよな。

ということは、世界樹が復活してからすぐに名前を付けさせなかったのは、僕のレベルが足りなかったから……？

思い出してみると、アーブラ司祭とサイクロプスの群れが襲撃してくる前、はぐれのサイクロプスが来たタイミングもおかしかったんだよな。

いずれも僕が直接倒したわけじゃないけど、仲間たちが倒しても経験値は入ってくる。

そうやってサイクロプスを大勢倒させて、僕のレベルが上がるのを待っていたってことか。

「コヒナタさん、そういうことです」

「……」

ワルキューレが察したように声をかけてくる。

全てはワルキューレの手のひらの上の出来事だったのか。結構、策士だなワルキューレは。

「一応言っておきますけど、クリアクリスが外に飛び出していったのは違いますよ。レベルが上がるのを待っていたのは確かですけど、あれは彼女の意志ですからね」

「わかってるよ、ワルキューレ。君がクリアクリスをけしかけたなんて思ってないよ。それにしても、エルフさんたちが味方についてくれるのは心強いね」

ということで、エルフさんたちも正式にこの街の住人になることになりました。

ちなみに彼らにはその後、街ですれ違うと拝まれるようになってしまった。何だか恥ずかしい。

◇

結局、ノソンさんからは今のエヴィルガルドの情報は得られなかった。穢れが入り込んだ時期がわかったくらいだったね。

ということで数日後、次の作戦に出る。

「じゃ、潜入しますか」

ファラさんとクリアクリスと一緒に豪華な服を着て、豪華な馬車を屋敷の前に出しております。

レイズエンドの貴族ということにして、エルフの国に潜入することになったのだ。いきなり攻め込むのは得策じゃないからね。

「なんでファラさんだけ綺麗な服を……」

「私たちはメイドってことだよね？」

エレナさんとウィンディが頬を膨らませている。二人はダークエルフさんたちが作ったメイド服に身を包んでいます。

「潜入するには貴族とその付き人って形じゃないとな」

「ちゃんと紋章も用意してある」

エイハブさんとルーファスさんは騎士と執事に扮《ふん》している。まあ、エイハブさんは本当に騎士だけどね。

馬車に施した紋章と同じ紋章の入ったペンダントやマントなどを、みんなが所持している。

「相手側には、今日には着くと連絡してある。安心して街道を進んでいけばいい」

エイハブさんは根回しもしておいてくれたみたいだ。ピースピアから陸路で向かうと一か月以上かかるので、もちろん転移してデスタワーから向かうことになる。

「お待たせしました、コヒナタ様」

「準備できたのじゃ」

今回は、イザベラちゃんとルーラちゃんも、エヴィルガルドを見たいからということで参加することとなった。ナーナさんも騎士に扮してついてくるらしい。

貴族の馬車なのにあんまり少人数じゃおかしいからね。

ちなみに、エルフさんやダークエルフさんはフルフェイスの装備でも、耳でバレてしまう可能性があるのでやめてもらった。

ニーナさんはぶつくさ言ってたけど、これだけは許してもらいたい。

「じゃあ、出発しようか」

転移の杖で、みんなと馬車ごとデスタワーへ移動。

その後、街道をガタゴトとエヴィルガルドへと向かう。

豪華な馬車を引っ張るのはシールさんからもらった馬……ではなくて、ブレイドホースという従魔だ。いつ戦闘になるかわからないから、普通の馬じゃ危険なんだよね。

ブレイドホースは見た目が白銀の馬で、怒ると刃の形をした角を頭から突き出して攻撃する。

ランクはBランクだけど、この辺りでも強いほうの魔物らしいから、頼りになりそうだ。

とはいえ、いつも通り強化をしてあります。そんな従魔が馬車を引いているので、そこらの魔物も寄ってこない。

ちなみに白銀の見た目が目立ち過ぎるので、全身に鎧を着せてある。鉄製に見せているけど、正体はミスリル製だ。これで防御力も安心だね。

出発して数時間。しばらくはこのまま馬車の旅だ。暇だな……と思っていたその時。

「おい、そこの馬車！　逃げろー！」

「おっ？」

「何事だ？」

大きな叫び声と僕たちへの忠告が聞こえてきた。後ろを振り返ると、豪華な黒い馬車と、それに並走している魔物が見えた。二足歩行の、恐竜みたいな魔物だ。

馬車はそいつから攻撃を受けているようで、蛇行《だこう》している。

「あれは危ないな。助けてあげようか」

「そうだな」

ファラさんたちが頷く。その横で、クリアクリスが扉に手をかけて外に出ようとしていた。

「私がやっていい？」

「いや、目立っちゃうからダメだ。ここは僕の従魔の出番だ」

行きたいのはわかるけど、一応貴族として来ているから自重《じちょう》してもらわないとね。

「ブレイドランナーとリビングウェポンに行ってもらおう」

新人たちの実力を知りたいから、彼らにお願いしてみよう。

あ、ちなみにスパイダーズは街に置いてきています。彼らは衣類の生産のために必要だからね。

冬も近いから重宝《ちょうほう》されているし。

「わ～、金色に輝いてる！」

「よし、あの馬車を助けるんだ」

僕の命令で、二匹の従魔は後方の馬車へ向かっていく。

「なんであんな魔物がいるんだ！　デスタワーからは離れているのに」

あら、助けに行かせたつもりが向こうの人を驚かせてしまったみたい。とにかく、あの恐竜みたいな魔物を倒させよう。

「もうおしまいだ……あれ？」

怯える御者や騎士たちを無視して、二匹の従魔が後方の恐竜と戦い始めた。

動きの速いブレイドランナーが囮《おとり》になって、その間にリビングウェポンが手足の刃物で恐竜の尻尾を斬り刻んでいく。

尻尾を失くした恐竜はすぐさま逃げようとしたけど、足も斬られて地面に倒れ伏した。

「よしよし。ドロップ品を確認しよう」


【ラプトルランナーのジェム】

【ラプトルランナーの尻尾】


ラプトルランナーって名前なのか。またまた、新しい従魔が手に入ってしまった。

危険が去ったので、あちらの馬車に近付いて様子を見てみることに。

エイハブさんが御者に話しかける。

「大丈夫か？」

「あ、ああ、あのリビングウェポンたちはあんたらの従魔なのか？」

「ん？　ああ～っと」

リビングウェポンたちのことを聞かれてしまい、エイハブさんが僕のほうを見る。

しまった、口裏を合わせるの忘れてたね。

仕方ないから正直に言うか。僕はエイハブさんに頷いて了承の合図を送る。

「うちのご主人様が従魔使いでな」

「そうでしたか。それで金色だったんですね。それにしてもBランクの魔物を二匹も……凄いお方なんですね」

正直にと言っても、あまり能力をひけらかすのはやめておきたいね。そんなこと知られたら、危険分子として警戒されちゃいそうだから。

「あの……うちのご主人様が皆さんにお礼が言いたいと」

「ん？　ああ、そういうのはいいよ。困った時はお互い様だ。それにあんたらだって、俺たちに逃げろと忠告してくれただろ。それだけで貸し借りなしさ」

エイハブさんがにっこりと笑って答える。すると馬車の中から声が聞こえてきた。

「……では私から出向こう」

「ハザード様!?」

ハザードと呼ばれた人が馬車から出てきた。豪華な身なりをしている。

彼は僕らの馬車の前まで歩いてきたけど、後ろにいる御者や騎士たちは驚き戸惑っている様子。額の汗をハンカチで拭っている人までいる。

彼らの表情からは恐怖が読み取れた。

「此度《こたび》は誠に助かった、礼を言う。私はエヴィルガルドの宰相《さいしょう》、ハザードだ」

ハザードがそう言って頭を下げた。宰相がそんな簡単に頭を下げていいのだろうか？

後ろにいる人たちの恐怖の表情とは裏腹に、物腰柔らかな印象だ。

「僕はコヒナタレンです。まさか、宰相閣下がお乗りとは知らず、ご無礼をいたしました。余計なお世話でしたでしょうか」

できる限り丁寧な話し方で言うと、ハザードは笑う。

「いや、あなたは多くの命を救ったよ。……何せ、私自ら魔物を退治するようなことになっていたら、この者たちはとっくに斬り捨てていただろうからね」

ピリッ！　一瞬でこの場の空気が張り詰めるのを感じた。

騎士さんたちはさらに冷や汗と、涙まで流して俯いている。ハザードを見ることもできないみたいだ。

「あなた方は、エヴィルガルドを訪問予定なのかな？」

後ろのことは気にも留めずに話すハザード。同じ貴族だと思われているから、親しげなのかもな。

「ええ、エヴィルガルドにはあらかじめ知らせてあるはずなのですが」

「お～。というと、レイズエンドの伯爵といったところか」

エイハブさんに一瞬視線を送ると頷いたので、僕もハザードに頷いて答える。

「はい」

「なるほど、では歓迎しよう。我々が先導するから付いてきたまえ」

「ありがとうございます、ハザード様」

「ははは、様などと畏まらなくて結構。私は〝強い者〟が大好きなのでね」

ニヤッと笑うハザード。強い者が好き、何か気になる言い方だね。

宰相ってことは王にも近いだろうし、穢れに乗っ取られている可能性は高い。気を引き締めて行こう。


ハザードの馬車を先頭に街へと近付いていく。

城壁の門の前に着くと、ハザードの馬車が一度止まってから中に入っていく。続く僕らの馬車は入り口で止められることはなかった。ハザードが衛兵に話を通したらしい。

貴族ということにしておいてよかったね。

「エイハブさん。すぐに城に行くんですか？」

「いや、まだ謁見《えっけん》までは申し込めていない。宿として空き屋敷が手配されているから、そこに案内されるはずだ」

ほうほう、屋敷か～。ピースピアの屋敷よりもいい家なのかな？　これからの建築に活かすために色々見ておこうかな。

「お兄ちゃん、戦わないの？」

「クリアクリス。まずは潜入だからね」

「ん～。わかった～。お兄ちゃんの言うとおりにする～」

クリアクリスが拳をにぎにぎして話す。

とりあえずは情報収集って話だからね。まあ、攻撃してきたりしたら雫をかけちゃうけどね。


街に入ってしばらく走っていると、街の中心に建つ城の横でハザードの馬車が止まった。僕らの宿になる屋敷はもっと先だと言われ、道を指示される。ハザードはそのまま城に入っていった。

「この先の、あの赤い屋根の屋敷だな」

「……結構派手だね～」

エイハブさんが屋敷を見つけ、その前でみんなが馬車を降りる。真っ赤な屋根がとっても目立つ。

「真っ赤ね」

「真っ赤だね」

ファラさんとウィンディも同意して頷いた。他のみんなも大きく頷いてる。

「じゃあ、入るぞ。一応、敵の用意した屋敷っていうのを忘れないでくれよ」

そうか、ここは敵国みたいなもの。僕たちの正体がバレているとは思えないけど、何があるかわからない。

ということで、赤い屋根の屋敷の中へオークとゴブリンを行かせる。

『フゴ！』

『ゴブゴブ！』

二人は意気込んで屋敷に突入していった。

「レンがいると俺たちの仕事がなくなるな、ルーファス」

「ああ、そうだな……」

エイハブさんとルーファスさんが呆れた表情で僕を見ている。

いやいや、楽できるんだからいいでしょ。みんなが穢れになったら嫌だからね。最初から最高レベルに警戒していくよ。

『フゴ！』

屋敷の玄関で待っているとオークが出てきて敬礼し、安全を報告してきた。ゴブリンも遅れてやってきて敬礼しているよ。

「レンの従魔は本当にいい子たちばっかりだね。私なんか、ワイルドシープに命まで助けられたし」

オークたちを見て、エレナさんが微笑んでいる。

確かに異常にいい子たちが多いよな～。ゴーレム兄弟もウィンディの指示通りに動いてくれるし、スパイダーズなんて、ダークエルフさんたちのために糸を出し続けてくれたもんね。

嫌な顔をしないもんだからつい頼ってしまうけど、本当に助かるよ。

『フゴフゴ』

『ゴブゴブ』

いい子だいい子だと思っていたら、オークとゴブリンがおねだりをしてきてる。キラキラした目をしていて、何が欲しいのか大体わかる。

「雫でしょ。はい」

『フゴ～』

『ゴブゴブ～』

凄く嬉しそうに雫を受け取って、飲み干していく従魔たち。

「レン。どうせだからみんなでご飯にしないか？」

「ああ、そうだね。従魔たちもこの子たちだけじゃ不公平だもんね」

せっかくなので、ファラさんの提案を受け入れることにした。

屋敷のキッチンで、みんなで食事の準備をする。

「レン。雫を使った生地、できたよ」

「は～い。じゃあクリアクリス、このハムとチーズをのせて、ゆっくり焼いてもらえる？」

「は～い」

普通の水ではなく雫で小麦粉をこねると、フワッフワの生地になるのだ。それを平たく鉄板に広げてハムやチーズをのせて、クリアクリスの炎魔法で焼いてもらえば、ピザの出来上がりだ。

「コーンスープもできたよ～」

ファラさんとウィンディにはスープを作ってもらった。雫を使った食べ物は何でも美味しいけど、スープは格別なんだよね～。やっぱり、水分の多いものだとそうなるのかも。

「では、いただきます！」

『いただきま～す』

従魔と一緒に食事会。潜入しているとは思えないほどの豪華な食事だ。

ハムとチーズをのせたピザ。トマトソースのピザ。うん、美味しい。

普通の白パンもアイテムボックスから持ち出しているので、コーンスープに浸して食べる。これまたうまい。

コンコン！

食事を楽しんでいると玄関の扉がノックされる音がした。手の空いていたルーファスさんが玄関へ向かう。

「誰だ？」

「ハザードだが、今少しよろしいか？」

突然の訪問だ。やっぱり少し怪しんでいるのかな？

穢れの幹部だったらあまり接触したくないんだけど、仕方ないのでルーファスさんに扉を開けてもらって招き入れる。

「おっと、お食事中だったか、それは失礼した」

ハザードは、僕らを警戒しているにしては軽装だった。それに護衛もつけていない。

もしかして、今ここで倒せちゃうんじゃないだろうか。普通に水をかけられそうだけど、ひとまず食事にでも誘ってみるかな。

「美味しいですよ。いかがですか？」

「おお、ではいただこう」

嬉しそうに席に着くハザード。僕らはニコニコしてスープやピザを出してあげた。

世界樹の雫を使った料理だ。ささて、食べたらどうなるのかな？

「これは美味しい。レシピや材料を聞いてもいいかな？　シェフに教えて私の屋敷でも食べられるようにしたいのでな」

普通に嬉しそうに食べるハザード。だけど、少しずつ異変が起こってくる。

「本当に美味しいな。ん？　足が……」

少しすると彼の足が短くなってきた。よく見ると溶けているみたいで、床に水たまりができている。

「これはどういうことだ！　まさか！　お前たちは……謀《はか》ったな！　コヒナタ！」

ハザードは最後の言葉を残して、水たまりごと消えていった。

思っていた通り、穢れの幹部だったみたいだな。呼んでもないのにやってきたあなたが悪い。

「これで王の側近を倒したってことになるのか？」

「ああ、宰相を務めていたくらいだ。間違いないと思ったが、こうもあっさり倒しちまうとはな」

エイハブさんとルーファスさんが僕を見て話す。

まさか、敵がわざわざ丸腰でやってくるとは思わないよな～。

ところが、一安心したのも束の間、また扉がノックされた。

「ハザード様はいらっしゃいますか？　わたくし執事のランドと申しますが、遅いものでお出迎えに参りました」

そんな声が外から聞こえてくる。

主人が遅いから迎えに来るのは当たり前か。でも、ハザード以外のエルフさんたちは、普通の人っぽかったよね。

ピースピアにやってきたエルフさんたちのことを思い出すと、操っている本人が死んだら、操られていた人は元に戻るはずだけど……？

「とにかく、招き入れよう」

「ああ、もし彼も敵なら、縛り上げて言うことを聞かせればいい。なんせ、宰相の執事だからな」

エイハブさんたちが悪い顔をして提案する。

確かに、城に潜入する時に重宝するかもしれない。僕が同意すると、ナーナさんが扉を開けてくれた。

「失礼いたします。……ハザード様は？」

キョロキョロと室内を見回す執事さん。全員集合している僕らに緊張しているみたいだね。

「まあまあ、とりあえず、水でもどうぞ。凄い汗ですよ」

「あ、ありがとうございます。なんせ走ってきたもので」

疑いもせずに雫に口をつける。そのまま美味しそうにごくごくと飲み干してしまった。

「美味しいですねこれは！　こんな水は飲んだことがありません」

目を輝かせて感想を述べる執事さん。エルフ特有の尖った耳がピコピコ上下してるよ。感情を表しやすいお耳だこと。

「ん～、なんともないってことは、穢れの影響は受けてないのかな」

「みたいだね、レンレン」

少し待ってみたんだけど、溶ける様子も我に返るような様子もない。

「え？　穢れとは？」

操られてすらいないらしい執事さんは、首を傾げて問いかけてくる。

記憶を失くしていないことになるので、これはこれで色々と情報を得られるかもしれない。事情を話してみるかな。

ということで、ランドと名乗った執事のおじさんエルフに事情を説明した。

「わかってくれましたか？」

「あ、はい。確かにここ最近の王都はおかしかったので……大体は把握いたしました。ハザード様……いえ！　ハザードは死んだんですね」

ランドさんは徐々に顔を明るくさせて、確認を取ってきた。

僕らが深く頷いて「はい」と答えると、飛び上がりそうなくらい喜んでガッツポーズをしてる。

「ハザードは死んだ！　ざまぁみろ！」

ハザードはよほど慕《した》われていなかったみたいだ。部下にあんな態度を取っていたんだし、当たり前だよね。やっぱり穢れの幹部はろくでもない奴らばかりみたいだ。

「皆さん、ありがとうございます」

ひとしきり喜んだランドさんは、僕らに深くお辞儀をしてお礼を言ってきた。

そんな大したことはしていないんだけどね。だって、ただ食べ物をあげただけだからさ。

「それで皆さんは、城に行くことは決まっているけれど、怪しまれずに王に近付きたいと？」

「そうだ。宰相の執事だったなら、可能だろ？」

「ふむ……」

少し考え込むランドさん。側近が一人減ったとはいえ、城内が危険なことに変わりはないからね。考えることはたくさんありそうだ。

「わかりました！　わたくしにお任せください。皆さんの準備ができ次第、エヴルラードと謁見できるよう約束を取り付けておきます。もちろん、城の内部も、わたくしめの部下に案内させますのでご安心を」

ランドさんは決意を込めるようにしてお辞儀をする。

エヴルラードが穢れに乗っ取られていたことを知ったからか、協力的だな。

まあ、僕らの話を信じてくれたのは、雫を飲んだことが一番の要因だと思うけどね。

だって、ハザードは消えちゃって証拠になる死体がないんだから。僕らの証言でしか説明できない。普通は嘘だと思っても仕方がないことだもんね。

「では、私は色々と準備がございますので」

ランドさんはそう言って屋敷を後にした。

「一応、俺が尾行しておこう。もし裏切るようだったらすぐに始末する」

ルーファスさんが怖いことを言って、ランドさんの後をつけていった。いざとなったらワルキューレと訓練した技を使うだけだから大丈夫なんだけどな。

「ははは、ルーファスの奴、張り切ってるな」

「そうだね。レンにいいとこ見せようと思ってるのかな？」

エイハブさんがからかうように話すと、エレナさんも茶化すように言った。

ルーファスさんも、僕に恩があるからって頑張り過ぎちゃうんだよな。何はともあれ、僕はみんなに愛されて幸せです。

第六話　エヴルラード

呆気なくハザードを倒した次の日、僕らはランドさんの案内で城へとやってきた。

ランドさんは穢れに操られていたわけでもない、普通のエルフさんだった。道中で聞いた話では、彼の同僚もみんな記憶は失っていなかったらしい。

操られなかったのには、何か理由があるのかな。

到着したエヴィルガルドの城は、剣山みたいなとげとげしい印象の城だった。白いからまだいいけど、黒かったら禍々《まがまが》しくて魔王城かなって思ってしまいそうだ。

順調に城内を進み、ランドさんと別れた後、玉座の間へと足を踏み入れる。

「お前がレイズエンドの伯爵《はくしゃく》、コヒナタか？　聞き慣れぬ名だな」

玉座にふんぞり返ってるエヴルラード王が見下ろしてきた。こいつが穢れの王というわけだ。

まだ勘付かれてはいけないので、一応僕らは跪《ひざまず》いて首《こうべ》を垂れる。

「はい、お初にお目にかかります」

「ハザードのところの執事が案内してくるとは、どういうことなのだ？」

あれ？　玉座の間に入る前のことは、見られていないはずなんだけどな。

この場にいないランドさんのことを言われ、僕らに緊張が走る。僕は平静を装《よそお》って答えた。

「街の外でハザード様と知り合ったためです。街道で魔物に襲撃されておりましたので助けて差し上げたところ、お礼に城への案内をランド様にお命じになり……」

「なるほど。ブレイドマウンテンの魔物から救出するとはな」

妖《あや》しげな笑みを浮かべるエヴルラード。

「此度《こたび》はどういった用件で訪問を決めたのだ？」

「……食べ物です！」

「た、食べ物？」

「はい」

僕は拳を握って力説《りきせつ》する。

「お、おいレン？」

その一方、隣で慌て始めるエイハブさん。

「僕たちは、ひたすらに美味しいものを求めて、この国へとはるばる足を運んで参りました」

「そ、そうか……」

エイハブさんには理由を聞かれるだろうからあらかじめ考えておけと言われていたんだけど、流石に無茶な返答をしてしまったみたい。

エヴルラードも呆れて変な顔になってるぞ。

だけどこうなったら、怪しまれないよう全力で話して勢いで押し切る。

「そう！　味の探求！　最高に美味しいものを求めて、僕たちはここ以外にも色んな国々を回っています」

「そ、そうか……」

さっきと同じ答えが返ってくる。穢れの王に、僕の考えはわからないだろうな。

ただの方便というわけでもなくて、美味しいものを食べて回りたいのは本心だ。せっかく異世界に来たのなら、その世界の食べ物を食べ尽くしたいと思って当然でしょう。食べ物だけに留まらず、色んな場所に行ってみたいとも思うでしょう。

僕は勢いのままに、キラキラした目でエヴルラードへと宣言する。

「昨晩はエヴルラード様に手配してもらった屋敷で過ごしましたが、今日は外で食事を楽しみたいと思っています」

「そ、そうか……」

呆れ返っているエヴルラードは、ずっと同じことを口走ってる。語彙力《ごいりょく》のない穢れだこと。

「で、では、我がエヴィルガルドの食を、存分に楽しんでくれ」

「はい！」

「は〜い」

ウィンディも続いて声を上げた。

去り際にちらりと見ると、エヴルラードは何やら頭を抱えていた。

「何だか普通な感じだったな」

「ああ、室内に衛兵もいなかった。俺たちは大人数だったから、普通は警戒して兵士を多く置いておくものだが」

玉座の間を出ると、エイハブさんとルーファスさんがそんなことを話し合っていた。

他国の貴族でも、やっぱり警戒するものなんだな。

国同士の戦争がなく、目下《もっか》の敵は魔物くらいしかないはずの世界だけど、まだ本当の平和には程遠いってことか。

「コヒナタ様。城内の幹部や兵士たちは遠ざけておきました。準備万端です」

さっき別れたランドさんが、用意を整えて戻ってきた。

「了解」

さ〜て、邪魔な兵士や側近はいない。玉座の間に再度赴《おもむ》いて、ひと暴れといきましょうか。

「お兄ちゃん！　戦っていいの？」

「うん、もうちょっと様子を見ようかと思ったけど、いけそうだからね。早く倒さないと、誰かが死んでからじゃ遅い」

もし僕らと内通していたことがばれたら、ランドさんは確実に殺されてしまう。そうなってからでは遅いから、チャンスがあるうちにエヴルラードを倒さないと。

「では行きますぞ！」

みんなに武器を行き渡らせて戦闘準備が済んだところで、ランドさんが扉に手をかける。

「周りの兵士は私にお任せを」

ナーナさんはよそから駆け付けてくる兵士に備えてくれるみたい。

「もし奴が手下を出してきても、俺とルーファスがなんとかする。みんなはエヴルラードに集中しろよ。エレナとイザベラは後ろに隠れてろ」

エイハブさんの声に、僕たちは頷いた。

玉座の間へと足を踏み入れる。

「ふは、ふははははは。面白い。やはり、先ほどのは演技だったか！　我がしもべを倒したコヒナタレンよ」

僕らを見るや否《いな》や高笑いするエヴルラード。

あれ、ハザードを倒したことまで勘付かれていたのか。まあ、知られていても何ら問題なし。

「兵士ども！　敵を蹴散《けち》らせ！」

「「はっ！」」

玉座の奥から、隠れていた兵士たちが現れ、一斉に僕らに迫ってきた。エイハブさんとルーファスさんが食い止めている間に、イザベラちゃんとルーラちゃんが雫の入った瓶を投げ付けていく。

「くらえ～」

「正気に戻るのじゃ～！」

瓶が当たった兵士や、雫のかかった兵士が片っ端から気絶していく。

「おのれ、おかしな真似を」

兵士を片付けると、エヴルラードから黒い靄《もや》が生じる。

重い空気になったのを感じた時、後ろでエレナさんとイザベラちゃんの呼吸が荒くなっていく。

「レン……苦しい」

「コヒナタ様……」

「エレナさん！　イザベラちゃん！」

僕の作った防具を付けてはいるけど、元々の力が弱いエレナさんやイザベラちゃんは、エヴルラードの発する圧に耐えられないみたいだ。僕はエヴルラードを睨《にら》み付ける。

「くっくっく……まあ、貴様らはすぐには死なせんよ。私はとても優しい王だからね」

エヴルラードの圧が消える。見ると、残ったエヴルラードの兵士たちは全員跪いていた。

エレナさんとイザベラちゃんの呼吸も元に戻る。

あと少しで、エヴルラードに水をぶっかけてしまうところだったよ。ラスボスが一瞬で死ぬのは流石にかわいそう過ぎるからね。

そう思った矢先。

「代わりに、優しい王からの褒美だ。受け取れ。無能な兵士どもめ」

玉座にふんぞり返ったエヴルラードは、なんと炎魔法を自分の兵士たちに浴びせ始めた。

玉座の周りは炎に覆われて近付けなくなり、兵士たちは阿鼻叫喚《あびきょうかん》の地獄に陥《おちい》る。

「これでも私を倒しに来るか？」

「仲間になんてことを！　……みんな、雫を兵士たちに。僕は奴をやる！」

前言撤回、仲間の命をなんとも思わない人に同情はいらない。

「私も行くよ、レン」

みんなが一斉に兵士たちへ雫を撒《ま》いて消火し、それと同時に僕とファラさんがエヴルラードに接近。

雫の瓶を放り投げるも、見越していたエヴルラードはそれをマントでガードしてしまう。そううまくはいかないか。

「ここからが本番だな」

「腕が鳴る～」

エイハブさんとウィンディが瓶を片手に武器を構えた。敵の兵士たちは、雫をかければ浄化も火傷の治癒もできるので万事ＯＫ。攻撃と防衛が同時にできるというのは強いね。

「あれほどの熱傷が回復している⁉　世界樹の雫だとでもいうのか！」

「その通りだよ！　みんな、出番だ」

驚くエヴルラードに対し、僕はスパイダーズ以外の魔物を全員解放。エヴルラードを包囲する。

「これ以上被害を拡大させたくない。大人しく雫を飲んでください」

「……これで勝ったつもりか。その雫だって偽物だろうに」

「勝ってるよね？」

「勝ってるな」

エヴルラードが僕たちを睨み付けて言ってきたから、ファラさんに目を向けて確認し合う。

「くっくっく、はーっはっはっは。笑わせてくれる。どうだコヒナタ、私の部下にならないか？」

「部下？　上司の間違いじゃない？」

「面白い冗談だな」

この状況で余裕綽々《よゆうしゃくしゃく》といった様子だ。まだ切り札があるのかな？

エヴルラードが顔を手で覆って俯き、何かを唱える。

「グア～」

「うう、アア～～」

すると気絶していたエヴルラードの部下たちが苦しみ出した。

「レン、全員にもう一度ぶっかけるぞ」

エイハブさんがそう言い、手分けしてその場にいたエルフの兵士たちを再度浄化する。

全員にぶっかけ終わると、またしても気絶してその場に倒れた。もう一度操ろうとしたのか。

「やはり、雫ということか……」

「今の隙に逃げるんじゃないかと思ったよ。雫だって言ってるじゃん。なんで信じないかな〜」

またまた、エヴルラードが強がっている。ショックならショックと素直に言おうね。

エヴルラードは逃げるかと思いきや、空中へ飛び上がって玉座の上に浮いている。

そのまま逃げ出さないとは、やっぱりまだ手があるのかな？

「逃げる。私がか……冗談を言うな」

「僕って冗談言ってる？」

「全然、レンレンは真面目だもん」

ウィンディに聞くと、首をブンブンと横に振って否定してくれた。冗談なんてこんな場面で言わないよな〜。

「エルフの国は私の支配下だ。それに今ではレイズエンドも！　お前が来ることは事前に知っていたのだ。しかし、敢《あ》えて手を出さなかった。必ず勝てるからな。私はもう幾万《いくまん》もの兵を自由に動かせるのだ。逃げる必要などないのだよ」

そう言ってエヴルラードは炎の柱を魔法で作り出した。

「私の出番！　えい！」

すかさずクリアクリスが水の槍を投げ放つ。水の槍が炎の柱とぶつかり水が炎を消していく。それを見て僕はニヤッと笑った。

「じゃあ、降りてきなさい。あなたは完全に包囲されていますよ」

冗談がどうとか言ってきていたので、ここで冗談をぶちかましてみた。

「ははは、包囲？　私は宙に浮いているんだぞ。どこが包囲されているというんだ」

ありゃ、ここは真面目に受け取られてしまった。じゃあ、仕方ない。

「クリアクリス。包囲してほしいんだってさ」

「私がやっていいの？」

「ああ、存分に戦っておいで」

「やった～」

今のクリアクリスはフル装備だ。彼女からは誰も逃げられない。

「炎の槍と水の槍っと！」

両手に魔法で作り出した槍を取り出すクリアクリス。それを見たエヴルラードは顔をしかめる。

「なんという魔力！　魔族まで従えるとは。まさかお前は、神のいとし子だとでもいうのか！」

「えいっ！」

玉座の間の天井がクリアクリスの一撃で吹き飛んだ。水と炎の衝突による大爆発。がれきで怪我人が出なきゃいいけど。

「ぐぬぬぬ。私の城をよくも」

大爆発をもろに喰らって、負傷した様子のエヴルラード。それでも宙に浮いていられるのは流石というかなんというか。

「お～お～。団体さんのお出ましだ」

そこへ、エヴルラード同様に空を飛びながら怪しげな人影が集まってきた。

エルフの兵士じゃなさそうだし、各地で暗躍《あんやく》していた穢れの幹部だろうか？　エヴルラードは彼らを呼び寄せるまでの時間稼ぎをしていたんだね。

「くっくっく、あ～っはっはっはっは。これでお前たちもおしまいだ」

「面白い冗談だね。ワルキューレ、お願いできるかな？」

『はい！』

エヴルラードの冗談に、僕はニヤッと笑ってワルキューレに念話を送った。

別に口に出して言わなくてもいいんだけど、エヴルラードにワルキューレの力だっていうことを知らしめたかったからね。

「ワルキューレ？　何を言っている」

ゴゴゴゴゴゴゴゴ！

「何だこの音は」

「冗談みたいなものだよ」

エヴルラードと兵士たちが、大きな地鳴りのような音に気圧《けお》されて動きを止める。

ピースピアからかなりの距離があるから、ここまで到達するのに相当時間がかかるんだよね。

「何だあの球は！」

遥か上空から、いくつもの巨大な雫の球体が飛んでくるのが見えた。かなりの距離があるので、まだソフトボールくらいの大きさに見えるね。

「まさか、落ちてきているのか！」

ソフトボール大に見えていたのが、どんどん大きくなっていく。姿がはっきり見えている分、恐怖が倍増だね。

「ぎゃ〜〜！」

「うわ〜〜！」

空から落ちてきた水球が着弾して、辺り一面を水浸しにした。空中にいた幹部やエヴルラードも叩き落とされ、断末魔のような叫びを上げた。

「あっ、ちなみにエヴィルガルド全体にも、レイズエンドやエリンレイズにも、同じものが落ちているからね」

「な、なに〜!!　ブクブクブク!!」

全員、見事に水浸し。でも、あんな上空から落ちてきているのにダメージはなし。流石は世界樹

の雫だね。

「ぐあぁぁ～、身体が溶ける……」

エヴルラードは息も絶え絶えな様子で床に伏していた。四《よ》つん這《ば》いで呻いている。他の幹部はハザードと同じように、あっさり消えてしまったようだ。

「お兄ちゃん。もう終わり？」

「ははは、クリアクリス、ごめんな。終わりみたいだ」

残念そうにするクリアクリス。せっかくフル装備をしているのに、存分に力を発揮できなかったからね。ここでも役立たずなエヴルラードである。

悪びれない人は早めにお仕置きしてあげないとね。

「これは世界樹の雫、いやもっと上位のものではないのか！　これほどの聖なる波動は感じたことがないぞ」

エヴルラードはワナワナと手を震わせながら、溶けゆく手を見ている。

あ～、そう言えば、世界樹の素材はエルフの国が抱え込んでいるって話があったね……。

それで試しに作ってみたりしたのかもしれないな。残念だけど、僕の持っている雫は神様も予期しなかった効果を出しているんだよね。

「このままでは……一旦退《ひ》かなければ」

「退くって、どこに？　この国も人族の国も、まとめて雫で浄化しちゃったから、もうあなたの部下はいない。それにあなたがどこへ行こうが、すぐそこに水球を落とすだけだよ。逃げ場なんてない。観念しな」

エヴルラードは必死に周りを見回して、逃げ道を探していた。

しかし、周りには僕の仲間たちと、我に返ったエルフの兵士たちしかいない。エルフの皆さんは何が起こっているのかわからない様子なので、このまま街中へ逃げれば、なんとか僕らのことは撒けるかもね。

だけど、それはただの時間稼ぎだ。僕の仲間や従魔がたくさんいるから、すぐに見つけられる。チェックメイトだ。

『コヒナタ様、うまくいきましたか？』

「ああ、ワルキューレ。最高にうまくいったよ」

潜入に先立って、僕はワルキューレと一緒に、雫を使って武器を作れないか色々考えていたんだ。それで世界樹の根から地下水をくみ上げて雫を生成し、樹のてっぺんから水球として射出することができないかと思ったんだ。

難しいかなと思ったけど、簡単に実行できたみたい。出発前にみんなには伝えていなかったから、敵だけじゃなく仲間たちも驚いています。

世界樹のてっぺんという高高度から飛ばすので、射程距離も凄まじいことになっている。巨大な放水車みたいな感じだ。

「〝ワールド・ウォータースプラッシュ〟の威力は絶大だったよ」

何だかアトラクションみたいな名前を付けてしまった。僕の命名力は相変わらずなのでした。

「畜生《ちくしょう》、この私が人族などに」

床に這いつくばったまま、恨み節を呟くエヴルラード。

「レンレン、流石だね。一瞬で終わらせちゃうなんて」

「潜入の間に、ここの街の鍛冶屋を見てみようとか思ってたんだけどな」

ウィンディが僕の肩に手を置いて話した。エレナさんは別の用があったみたいで残念そうだ。

「みんなに危害が及ばなくてよかった」

「ああ、最高の結果だ。誰も負傷しなかったなんてな」

ファラさんとルーファスさんも感心している。

「ふふふ、はははは」

不意に、エヴルラードが笑い出した。目が真っ赤になっていて、笑い声とは裏腹に僕を睨み付けてくる。

「コヒナタ、貴様のことは気に入った。お前は俺のものだ!!」

そう言うと、エヴルラードの身体が溶けていき、床を移動しようとする。

……床は雫でびしょびしょになってるんだけどな～。

「ごほがは……雫が……」

「何やってるの……」

どろどろの黒い液体が、元の黒い人の形に戻っていく。自ら雫の中に飛び込んでしまったエヴルラードは、苦しがっている。

焦りすぎて、自分で自分の首を絞めていて、何だか面白いな。

「よくもやったな……」

「今のはあなたが馬鹿なだけです」

エヴルラードの逆恨《さかうら》みを聞いたイザベラちゃんが、辛辣《しんらつ》な声を浴びせている。今のは確かにエヴルラードのせいだよな。

「ぐ、こうなったら……直接！」

突然、エヴルラードは靄状《もや》になって、僕に飛びかかってきた。みんなで迎撃したけど、物理攻撃が効かないみたいだ。

「レンレン！」

「ちょ、ウィンディ!?」

避けられないと思ったその時。僕を庇《かば》って、ウィンディが靄に取り付かれてしまった。彼女を覆うように黒い靄が蠢《うごめ》いている。

「ウィンディ！　レン、雫を！」

「もう出してる」

僕は自分でも雫の瓶を投げつつ、みんなにも渡す。渡した先からみんなもどんどん雫を、ウィンディと、彼女に覆いかぶさっているエヴルラードの靄にぶちまけていく。

「ウィンディを返せ～！」

「ウィンディさん頑張って！」

クリアクリスとイザベラちゃんが、目に涙を浮かべながらかけまくってます。なんとなく、ウィンディのことだからケロッとしていると思うけどな。

やがて黒い靄から爆発が起きて、僕たちは吹き飛ばされてしまった。みんな僕の従魔たちにキャッチされたので傷一つないけれど、ウィンディのいたところは煙で何も見えなくなっている。

「レンレン！　助けてくれてありがと。エヴルラードは居なくなったよ！」

爆発の煙が晴れ、ウィンディが駆けてきた。

いつものウィンディではあるけど、なんか引っかかる……怪しい。

「止まれ！」

「えっ、ファラさんどうしたの？」

ファラさんが鋭い声を発して大剣を構えた。ウィンディに大剣の剣先を突き付ける。みんなも何か変だと感じ取ったみたい。

「ウィンディ。おかしくないんだったら、これを飲んで」

クリアクリスがそう言って、ウィンディへ雫の瓶を投げた。ウィンディはそれを無言で受け取る。

ウィンディは笑い出した。

「……」

「さあ、飲むんだ」

「うふふ。あははは」

ファラさんが剣を突き付けながら強く促すと、ウィンディは笑い出した。

「アウトだな！」

「おっと、危ない危ない。レンレンは危険だな～」

僕は完全に黒だと思ったので雫をぶっかけたけど、ウィンディにはかからなかった。

「この身体はいいな。エヴルラードより何倍も軽く素早い」

玉座の背もたれの上に降り立ったウィンディ。

彼女は確実に、穢れに乗っ取られている。

まったく、僕を庇うなんて真似をしたから……助かったけど、相変わらずのトラブルメーカーだ。

でも、僕はそんなに甘くないんだよな～。

「この身体はいただいたぞ～。ア～ッハッハッハッハ、は？」

再び、頭上から迫ってくる轟音《ごうおん》。ゆっくりと上空を見上げたウィンディが凍り付く。

「ゴボゴボゴボ！」

まあ、そういうことです……。

再度、ワルキューレのワールド・ウォータースプラッシュがエヴィルガルドを襲う。

東京ドーム並みの直径の水球が落ちてくるものだから、わかっていても躱《かわ》せない。

本格的に戦うことになる前に早めに決着をつけないといけないな。長引いたら、ウィンディの身体を負傷させてしまう。

「ぐあ〜、飲み込んでしまった。身体が保てない……」

あれだけ高笑いをしていれば、水が口に入るのは必然だよね。

やがてウィンディの身体から黒い靄が噴出して、上空に集まっていく。ウィンディ自身はその場で倒れて、意識を失っている様子。

「よしよし、出てきたね。みんな、かけちゃって〜」

「は〜い」

「やっ、やめろ〜」

黒い靄、つまり穢れの本体のほうに、雫をみんなでかけていく。

上空へと雫の瓶を投げていって、それにクリアクリスとルーファスさんが壊れた天井の破片を投げて瓶を割る感じだ。クリアクリスとルーファスさんの命中率は百発百中。流石、うちのクリアクリスだ。ルーファスさんも手慣れている。

「ああ〜〜……」

穢れはその靄を小さくしながら床に落下してきて、床を浸している雫と接触するとブシューと音を立てた。べっちゃりと黒い液体が床に広がる。

「終わっちゃった」

「うん、流石に終わったかな」

クリアクリスが名残惜しそうに首を傾げて聞いてきた。多分、終わりかな？

「貴様……これで終わったと思うなよ……第二第三の私が必ずお前たちを……」

「ハイハイ、その時はよろしくね」

「ぐあぁ……まだ、話している途中だろうが……！　ぎゃああ……」

最後の言葉を遮《さえぎ》って、僕はとどめの雫をかけた。呆気ない断末魔の叫びが周囲に木霊《こだま》していく。

「……さて、終わっちゃったから帰りますか」

潜入ついでにエヴィルガルドを観光していこうかとも思っていたけど、終わったんなら帰ろうかな。

「……あれ？　レンレン、エヴルラードは？」

ケロッとした様子で、地面に倒れていたウィンディが目覚めた。危うく忘れるところだったよ。

「え、もしかしてもう終わっちゃったの？　もっと戦いたかった～」

「いやいや、操られてた人が言うことじゃないでしょ」

「え、私操られてたの⁉」

驚くウィンディに、みんなでどうなっていたか説明した。やっぱり、穢れに操られていると、その間の記憶を失ってしまうんだな。

「しかしあんまり俺たちも活躍できなかったな」

「確かに、デスタワーの周囲を掃除した時のほうが大変だったね」

ルーファスさんとファラさんも、ちょっと不満げだった。

ラスボス級の敵でもあっけなく葬《ほうむ》れる僕のチートたち。まあ、今回はワルキューレの力が大きかったけどね。あんな特大の水球を躱せるのはクリアクリスくらいだよ。

「ウィンディはとりあえず、これを飲んでおいて。もしまだ穢れの残滓《ざんし》が身体の中にあったら大変だからね」

「あ、うん。……ごめん、なんか迷惑かけちゃったみたいだね。何だかいつも守ってもらっちゃって……本当は私がレンレンを守らないといけないのに」

雫の瓶を渡しながらウィンディに話していると、彼女はしおらしく俯いた。ウィンディらしくない姿に少しだけドキッとした。本当に少しだけね。

第七話　クリアクリスのこと

「あの……ここは？　それにあの巨大な水球は、何だったのですか？」

僕らが話しているところへ、エルフさんたちが大所帯で歩いてきた。

みんなさっき出てきた時の重装備のままで、いかにも兵士や騎士といった様子だ。エヴルラードに操られていたので、わけがわからない状態なんだろう。

「それは私が説明します」

イザベラちゃんが一歩前に出て、リーダーっぽい煌《きら》びやかな鎧を着たエルフさんに言った。

「わらわも一緒に行くのじゃ。戦闘では役に立たなかったからの、働かせてくれ」

「私もお供いたします」

ルーラちゃんとエレナさん、ナーナさんたちが一緒に歩いていく。

「レンたちは疲れただろ。あとは俺たちに任せろ」

「こんなことくらいしかできないからな」

「そう？　じゃあ、お言葉に甘えようかな」

ルーファスさんとエイハブさんがそう言ってくれたので、僕は残ったウィンディとファラさん、クリアクリスを連れて街に帰ることにしました。

「ちょっと待ってくれ！」

そこへ重武装の兵士たちの中から声が上がった。人垣をかき分けて、二人の兵士が僕らに近付いてくる。

「あなたたちは？」

「私はグリード」

「ビスチャと申します」

兜を外して名乗る二人。

驚いたことに、脱いだ姿はエルフのそれではなかった。頭に角が二本生えていて、魔族であることが窺える。

「見ての通り、私たちは魔族です。奴隷《どれい》にされてしまい、エヴィルガルドに連れてこられたところまで覚えているのですが……その、あなたがお連れの子供は……」

「お母さん⁉　お父さん⁉」

突然クリアクリスが声を上げて、ビスチャさんの胸に飛び込んだ。

凄い勢いだったけど、後ろからグリードさんが支えてなんとか受け止めていた。

え、まさかずっと離ればなれになっていたクリアクリスのご両親ってこと？

「ああ、やっぱりククリなのね。こんなに大きくなって……」

「私たちは相当長い間記憶を失くしていたようだな」

クリアクリスを撫でながら二人は時間の経過を確かめていた。

そうか、クリアクリスの両親は人族に捕まって、そこからさらにエヴルラードに売られていたのか。

奴隷は兵士にするにはうってつけだもんな。いつだったか僕がクリアクリスに付けられていたの

を壊した、隷属《れいぞく》の首輪を付ければいいんだから。

ただご両親を見る限り首輪は付いていなかった。エヴルラードは穢れの力で操ることができるから、いらないと判断したんだな。

「お父さん！　お母さ〜ん！」

突然の再会に、声を上げて泣くクリアクリス。見守る僕たちも、胸中にこみ上げるものがあった。

「はは、こんなに大きくなってもククリはまだまだ子供だな」

「そういうあなただって泣いているじゃない」

親子三人は涙し合っていた。

クリアクリスの本当の名前は、ククリっていうんだね。

そうか、探していたご両親を見つけられたってことは、もう彼女ともお別れなのかな。何だか寂しいな。

「ひとまずここじゃ何ですから、場所を移しましょうか」

「あっ、すいません」

周りに人も多いし、天井の吹き飛んだ城内じゃ落ち着かないよね、ということで親子三人と僕だけで馬車へ。他のみんなには、一旦城に残ってもらうことにした。

ブレイドホースの引く馬車が、赤い屋根の屋敷へ向かって走り出した。

◇

「人族に攫《さら》われる前、私はクリアクリスとビスチャを守るために戦いました。ですが、私はとても弱くて、勝てなかったのです」

屋敷に着いて、リビングのソファーで話をしている。

クリアクリスは装備を外してリラックス。ご両親に挟まれて、ビスチャさんの膝に頬をスリスリさせている。とても幸せそうだ。

当初の目的通りに、彼女を両親に会わせることはできた。でも、それはお別れの時ってことでもあるんだよな。

安全のためにも、この親子はピースピアに住まわせてあげたいけど、僕はいつかはピースピアを離れて、また旅に出たいとも思っているからだ。

「その前は、家族で暮らしていたんですか？」

「魔族はとても少数です。私たちも、数世帯だけで森の中に住んでいました。外部に仲間もいなかったので、束になって襲ってきた人族にはとても敵《かな》いませんでした」

隠れて暮らしていたのか。それを狩って奴隷にする。なんて身勝手なんだろうな。

「離ればなれになり、私も妻も大変な目に遭いました。でもこうして、無事に三人で再会できてよかった」

「私を助けて、ここまで連れてきてくれたお兄ちゃんのおかげ！　ありがとう！」

クリアクリスが僕に飛びついてきた。柔らかな感触が僕の顔を包む。

「コラコラ、コヒナタ様が困っているだろ～」

「ふふ、ククリったら。コヒナタ様が大好きなのね」

「うん！　大好き～」

グリードさんとビスチャさんが笑いながら話している。クリアクリスが一向に離れなくて息ができないんだけど、ご両親は離そうとしてくれていない気がするぞ？

まあ、自分で引っぺがしたから別にいいか。

「それで、どうしますか？」

クリアクリスを元の場所に戻して、僕はご両親に話を持ちかける。

「えっ？」

「この後、僕らの街に帰る予定なんですけど、一緒に来ませんか？」

「僕らの街とは？　それはどこに？」

僕の言葉を聞いて、グリードさんが首を傾げた。

ここからはかなり遠いからな。わかるかな？

「転移してきたのでかなり遠い場所です」

「『転移!?』」

グリードさんとビスチャさんは顔を見合わせて驚いている。まあ、そのリアクションは正しいよね。

「ピースピアっていう最近できた、ダークエルフさんたちが集まっている街なんですよ。エルフもいて、珍しい死霊《しりょう》術士が街を守っています。そこにさらに人族も一緒になって住んでいるんです」

「そうなんですか……人族もいるんですね」

「……はい」

グリードさんとビスチャさんは目を輝かせていたけど、人族もいるという話を聞いて表情を曇《くも》らせていった。

やっぱり、人族とは関わりたくないのかな。って、僕も人族だけど嫌われていないのかな？

「やっぱり、人族は嫌いですか？」

一応、確認しておこうと尋ねてみる。

「あなた……」

顔色を窺うような様子のビスチャさんに頷いて、グリードさんは意を決したような顔でこちらを見る。

「はい。許せないことをしてきた種族ですから」

やっぱり、嫌いみたいだね。ピースピアに悪い人はいないけど、まあそう簡単には信じられないよな。

「私も妻も、奴隷にされる時にとても惨《むご》い仕打ちを受けました。妻はもう、子供を産めない身体なのです」

「……」

グリードさんの切実な話に、人族の僕は居たたまれない気持ちになる。二人は僕を人族として見ていないような気がするんだよな～。

「あの……」

「はい？」

「僕も人族なんですけど、その辺は大丈夫なんですか？」

僕は疑問を二人にぶつけた。すると二人は目を丸くする。

「えっ？　コヒナタ様は人族ではなくて神族《しんぞく》では？」

「……え？」

何々？　よく聞こえなかったな～。

「僕が何族ですって？」

「いや、ですから。神族です」

「はい……？」

神族？　神って、紙じゃないよね。あなたペラペラですね的な挑発じゃないよね？

「神様が地に遣わされた御使い、神族。コヒナタ様からはそんな神々しさを感じるのです。ククリの角からも同じものを感じます。本当に、我々家族を救ってくださってありがとうございます」

グリードさんとビスチャさんは、ソファーから立ち上がって深々とお辞儀をしてきた。神の使いだから大丈夫、みたいな理論なのだろうか。

ともあれ今度、神族って何ですかとルースティナ様に聞かなきゃいけなくなったね。

「いえいえ、お礼を言うのは僕のほうですよ。クリアクリスと会わせてくれてありがとうございます」

「クリアクリス？」

おっと、今までの呼び方で普通に呼んじゃったけど、ご両親はわからないよね。

僕はクリアクリスを保護した経緯も含めて、みんなと一緒にクリアクリスと名付けたことを伝えた。

「ああ、ククリのことなのですね。ありがたいです、神の御使い様に名前を付けていただけるなんて」

「じゃあ、今日からククリの名はクリアクリスね」

グリードさんが感激する一方、ビスチャさんはちょこんと横に座っているクリアクリスのおでこを撫でながら、優しい顔で囁《ささや》いた。

僕もありがたいし、感動的で涙が出ちゃうよ。あっ、そうだ。

「これをどうぞ」

僕はアイテムボックスから二人に飲み物を出した。

「これは？」

「ブドウジュースです。とても美味しい新鮮なブドウから作りました」

二人は顔を見合わせてからブドウジュースを口に含む。

「これは……!?」

「まるで全身が温かくなるような感じです、気持ちいい」

ブドウジュースを飲んだ二人は天を仰ぐ。ジュースに入っている世界樹の雫が彼らの心身を癒しているんだ。これでビスチャさんの身体も治るだろう。

「ああ、角まで回復していく」

「私の角も」

頭から短く生えていた二つの角が、羊の角のように背中のほうへカールしながら伸びていく。

どうやら、お二人も角を折られてしまっていたようだ。

クリアクリスは根元から折れていたから瀕死《ひんし》だったけど、二人は途中までは残っていたからそこまでのダメージではなかったみたい。

よく考えたらそうか。兵士として使われていた以上、瀕死にしてしまったら意味がないもんね。

やがて角は、長く腰辺りまで伸びたところで止まった。

「力が!?　力が溢《あふ》れるぞ!?」

「――これで、復讐《ふくしゅう》ができるわね」

ん？　二人の様子が変だぞ。

「ビスチャ！　これならば魔王としてこの世界を統《す》べられる」

「私たちの悲願だった、魔族の世界を作れるのね！」

んん？　これはどういうこと？

「あの？　お二人さん？」

「……コヒナタ様には申し訳ないのですが、人族だけは許せません」

「私たちを奴隷にして連れ回し、さらには私の妻を慰《なぐさ》み者のように扱ったのです。根絶《ねだ》やしにしてやらないと収まりません」

お二人さんがヒートアップしてしまった。目が血走ってる。急にパワーを取り戻したから興奮状態なのかな。

「ちょっとお二人さん、外に出ようか」

「「何を？」」

二人を屋敷の外の庭に連れ出す。

とにかく、街に戻るのは二人の興奮状態を鎮《しず》めてあげてからだ。ピースピアには［鋼の鉄槌］や、各ギルドの関係者の人々がいるから、このままじゃ二人を連れていくことはできない。

「じゃあ、グリードさんは僕と、ビスチャさんはクリアクリスと戦いましょうか」

「「えっ⁉」」

　僕は剣を構えた。クリアクリスも最強装備に身を包んで、僕の横でピョンピョン跳ねている。

「これはどういう？」

「あなたたちは、力で大切なものを奪われたという経験を、これから他者にも与えようとしているんです。大切なクリアクリスの両親であるあなたたちに、そんなことはしてほしくない」

「私も、そう思う！」

　二人を諭《さと》すと、クリアクリスも笑顔で同調してくれた。

　クリアクリスも二人にはそんなことをしてほしくないんだ。コリンズみたいなことを二人にはしてほしくないんだよね。

「でも！」

「私たちは虐《しいた》げられたのですよ！」

「それは本当につらいことだったと思います。でも罪のない人族だっています。だから、こうして僕たちが壁になります。全力でぶつかってきてください」

　魔族は強いと思うけど、恐らく今の僕とクリアクリスに勝ることはないだろう。

　多分、今の僕は世界一のステータスだと思うんだよね。レベルは75だけど、ステータスで僕に敵う人はそうそういないはず。

「あくまで我々の邪魔をするということですね……」

二人の目からは理性がなくなっていく。

「ククリを誑《たぶら》かして、神族であってもやはり人族の仲間ということか」

四足歩行の獣のように威嚇《いかく》する構えになり、何やら力を溜め始める。

直進的な突進をしてくると踏んで、僕はミスリルの盾で真正面から迎え撃つことにした。

「があっ！」

グリードさんは思っていた通り、僕へと突進を仕掛けてきた。しかし盾にぶつかった途端、グリードさんが身に着けていた重鎧がばらけていく。衝撃に耐えられなかったのかな。

「なかなか強いですね。鎧は新しいものをあげますから安心してください」

「⁉」

その場から一切動くことなく盾で防ぎ切り、そのままグリードさんを押し返していく。ステータスの差で圧倒的だね。

「あなた！」

「お母さんは私とだよ！」

「きゃ！」

クリアクリスは満面の笑みでビスチャさんへと突進。まるでお母さんに抱き付くかのような突進なんだけど、スピードが凄いことになってる。僕じゃなかったら見逃してたね。

「ぐう！　こなくそ～」

「どうですかグリードさん。興奮は収まりましたか？」

「があ〜！」

それでもグリードさんは諦めようとしない。まだまだ、収まらないか。

とりあえず、グリードさんをそのまま突き放して、バックステップで距離を取る。

息切れしているグリードさんは、遠巻きに見てもかなり消耗していた。こんなスタミナじゃ人族根絶やしなんて夢のまた夢だね。

「確かに他の街なら居心地は悪いかもしれない。でも僕の街なら、必ず幸せにクリアクリスと三人で暮らせます。落ち着いてください」

「……人族もいるのだろう。私は、人族を許すことはできない。我々魔族の数が少ないのは、多くの同胞が人族に殺されたからだ。私も人族を殺さなければ気が済まない！」

理性を失った真っ赤な目。言葉での説得は一向に効きそうにない。

魔族の命の源は角だ。

もしかすると、単に力が戻ったからというより、角が元の長さを超える勢いで伸びてしまって、憎しみが増幅されちゃってるのかも。

せっかく治したばかりなのに忍びないけど、落ち着かせるためにはやむを得ない。少しずつ削っていってみよう。

「我々の邪魔をするな〜‼」

腰に差している剣を手に取ったグリードさん。持ち方から、使い慣れていないことが窺えた。奴隷とはいえ兵士にされたのに、訓練もさせてもらえなかったのだろう。無駄に力をつけさせても危ないとかそんな感じかな。

「盾で受け止めてコネコネっとして、ポイッ！」

「……」

凄いスピードで剣を突き刺してきたんだけど、単純な直進攻撃だったので盾で上へいなし、剣をキャッチ。剣をコネコネして投げ捨てると、グリードさんは信じられないといった様子で、口を開けたまま、微動だにしなくなった。

その隙に、グリードさんの角に手を伸ばす。

「この角が伸び過ぎたからだよね、ごめんね！」

「うぐあ～」

腰辺りまで伸びていた角を、首の後ろの長さまで短くなるようコネコネする。

グリードさんは苦しそうな声を上げる。申し訳ないけど、すぐに終わらせるから耐えてくれ～。

「こうやって、クリアクリスみたいにミスリルで補強して固定すれば……」

両親の血を引いているので、クリアクリスも本当は首や背中まで角が伸びるのかもしれない。角が伸びなくても衰弱せず彼女が元気なのは、もしかすると僕がミスリルでコネたからなのかも、と思ったんだよね。だから、お揃いのミスリルの角にしてしまえば……。

「うぐ……なんだ、この温かい感情は……これは、愛か……？」

グリードさんがうっとりとしながら呟いている。ちょっと変なことを言ってるけど、これで少しは落ち着いたかな？

「私は何を……私はやはり魔族なのか。人族の言うように争いを好む種族なのか……」

グリードさんは座り込んで涙しながら自分の震える両手を見ていた。魔族としての血がそうさせた、ということなのかな。さっきも我を失っている様子だったし、人族には理解できない苦しみがあるのかも。

「お兄ちゃん。お母さん、疲れたって〜」

「ククリ……強くなったのね」

クリアクリスに肩を貸された状態で、ビスチャさんも戻ってきた。鎧が取れてインナーが見えていて、目のやり場に困る。こちらも角が少しだけ折れているから、それで興奮も収まったのかな？

折れた角を確認して、ビスチャさんもグリードさんと同じくらいの長さに揃える。

角をコネる時には少し痛そうにしていたけど、終わる頃には落ち着いていた。

「温かい……コヒナタ様の愛を感じます」

「……」

綺麗な女性にそんなことを言われると反応に困る。旦那さんも見ているので自重《じちょう》してほしい。

「コヒナタ様がククリ――いや今は、クリアクリスでしたね。この子にどういう気持ちで接してくださったのか、わかりました」

「大きな過《あやま》ちを犯すところでした。私たちを止めてくれて、ありがとうございました」

角をミスリルで加工し終わると、二人は僕へ深くお辞儀してお礼を言ってきた。落ち着きを取り戻してくれてよかったよ。

「人族のことを許してって言うつもりはないよ。僕もこの世界で嫌な人族に会ったことはあるからね」

戦争のない今の世界でもいるのだから、戦乱のあった昔は多分、もっとたくさん悪意のある人と、それに苦しめられた人がいたんだと思うよ。

「この世界に来て僕は色んな人に会ったんだ。勝手に人を召喚しておいて要らないって言ってきた魔術師とか王様とか……その一方で、身寄りのない僕に良くしてくれた騎士さんとか街の人とかね。この世界には色々な人がいるんだ。だから、一概《いちがい》に人族、全部を恨んでほしくない」

ファラさんやエイハブさん、エレナさん、ウィンディ、ルーファスさん……他にもたくさんいる。僕はみんなに助けられたし、みんなのおかげで成長できたと思っている。

嫌な事件や嫌な人にも遭遇したけど、それを大きく超える良いことがたくさんあった。だから、人族全員を憎んでほしくない。

「だから第一歩として、僕の街で暮らしてほしいです」

「いいのですか。ふとしたことで私たちは、さっきのようなことになるかもしれないのに」

確かにその不安はわかるけど、そこは僕のスキルの出番だ。

「大丈夫ですよ。さっき、角に特別なスキルを付与しましたから」

「『えっ？』」

ただ単に僕が角をコネると思わないことだね。

今回使ったのは、ミスリルはミスリルでも、ハイミスリルだ。

ハイミスリルで作ったアイテムには、スキルを付与することができる。色々試してみて気付いたんだよね。

街のお堀を作る時、ダークエルフさんたちが使っていたスコップにもスキルが付与されていたから、簡単に掘ることができたんだ。

付与できるのは、僕の持っているスキルと、いくつかの簡単なスキル。

今回、角に付与したのは【手加減】というスキルだ。これは、どんなに攻撃しても相手のHPを1残すというスキル。たとえば相手のHPが1の時には、それ以上ダメージを与えることができない。

とても素晴らしいスキルだね。ビールとかお酒に付与することができたらいいのに。お酒って簡単に人が人を傷付けることを許してしまうものだからね。

「そんなスキルが……」

「お兄ちゃんは凄いんだよ」

「ほんとね……」

ビスチャさんはクリアクリスの頭を撫でながらそう答えた。

「レンレン～、終わった？」

「ああ、ウィンディ、来てたのか」

屋敷の門の前に、城から一人で戻ってきたウィンディが立っていた。待ちくたびれたみたいで、欠伸《あくび》をしている。

なんというか、穢れに操られてた時のほうが凛々しかったな～なんて思ってしまった。

「一旦ピースピアに戻るから、準備しておいてくれる？」

「そう言うと思って、もう馬車を準備してあるよ。他のみんなは後で迎えに来るんでしょ？」

「うん。杖がないと転移できないからね」

転移の杖がカギのようなものだから、どうしてもピースピアとここの行き来には僕がいないといけないんだよね。

手間ではあるけど、戦闘の事後処理だったり、記憶を失くした大勢のエルフさんたちへの説明だったり、僕以上に面倒くさいことをしてくれているみんなのためだ。

ということで、僕とクリアクリス親子、ウィンディは一足早くピースピアに帰還することにした。

あ～、大変だったけど、無事に穢れ退治は終了だね。

クリアクリスのご両親も見つけて助けられたし、言うことなしだ。

第八話　帰還

エヴィルガルドから帰還した僕は、ひとまず屋敷のリビングのソファーに座った。色んなことがあったので、一緒に帰ってきたみんなにも一休みしてもらっている。

疲れたなー、と天井を見ていると、ワルキューレが顔を覗かせた。

「お帰りなさい、コヒナタさん。イザベラちゃんのお父さんが治りましたよ」

「えっ？　そうなの？」

そうでした。イザベラちゃんのお父さんも操られていたんだった。

あれ、でもそれは穢れじゃなくて教会の関係者がやっていたはずだけど、なんで治ったの？

「どうやら私の放った水球が、穢れじゃない悪人も相当な数、まとめて浄化してしまったようです」

「あ～、なるほどね。それで術者が自分の悪行に気付いて、解除してくれたってことか」

牢獄石の呪いならともかく、魔法なら解除すれば終わりだもんね。術者を探す手間が省《はぶ》けてよかった。

「着替えを渡しましたので、今は着替えているはずですよ」

世界樹の幹の中で療養中だったイザベラちゃんのお父さん、ベルティナンドさん。元気になってよかったな～。

「あの、私たちはどうすれば？」

グリードさんとビスチャさんがオロオロして聞いてきた。

「ああ、すいません。じゃあ、近くにお二人の住めそうな家があるのでそこに入居してもらいましょうか」

「家？　そんなものまでいただけるのですか」

僕は頷く。元々、街に引っ越してくる人たちのために建ててあったうちの一軒だ。足りなくなったらまた建てればいいしね。

「なら私が案内するよ。レンレンはベルティナンドさんと話すんでしょ？」

「う、うん。ありがとう……本当にウィンディだよね？」

案内しようと思ったらウィンディがそんなことを言いだした。

こんなに気が利くなんて、果たして本物のウィンディなんだろうか？　まだ操られているのでは？

「……も～、レンレンは私を何だと思ってるの！」

「いやいや、こんなに先回りして考えてくれるなんて、ウィンディらしくないからさ」

「これは罰が必要だね……今日は私の抱き枕の刑に処すからね！　ほら、三人とも行きましょ!!」

バタンッ！　ウィンディが怒りながらクリアクリス親子を連れて外へ出ていった。

うん、今の口調はいつものウィンディだったね。安心安心。

しかし、さっき一瞬答えるのに間《ま》があったのが気になるな～。ウィンディには頻繁《ひんぱん》に雫の入ったジュースを飲ませることにしよう。


「あなたがコヒナタ様ですか？」

「初めまして、ベルティナンドさん」

ほどなくして、イザベラちゃんのお父さん、ベルティナンドさんが奥の部屋から出てきた。

握手を求めてきたので応じながら、様子を見る。

身体はまだ少し細く見えるけど、会った時よりは肉付きが自然になっている感じ。まだ病み上がりだけど、イザベラちゃんのお父さんだけあってイケメンだ。

「ワルキューレ様という方から、色々と伺いました。親子ともどもお世話になってしまったようで……それにコリンズまでご迷惑を……。本当にありがとうございました」

「いえいえ」

ベルティナンドさんは申し訳なさそうにお礼を言ってきた。あのコリンズも、この人とイザベラちゃんがついていれば、あんな失政はせずに済んだだろうにね。

「今までの記憶はどれぐらいありますか？」

「わかりません……エリンレイズに向かう途中で、何者かに馬車が襲われて捕らえられ、何か術をかけられました。その後は何も覚えていないのです。気が付くとここにいたという感じで」

「そうなんですね」

今までの経緯を話すベルティナンドさん。以前聞いた通りだ。だとしたら、相当長い間記憶を失っていたことになるね。

「各地にばら撒かれた世界樹の雫によって、術者が呪いを解き、私もそれで解放されたのだと聞きました。そんな貴重なものがこの街にあるのですか？」

「はい、僕らの飲み物にも雫が入ってますよ」

それを聞いて腰を抜かすベルティナンドさん。

この街は生活用水すら聖なる聖水だし、衛生面で勝てる街はないだろうね。

「それと私の娘――イザベラは今どこにいるか、ご存じありませんか？」

「イザベラちゃんもこの街に住んでますよ。ただ、今はエヴィルガルドという街にいて、そこにいるエルフさんたちの手助けをしてくれています」

「それは本当ですか？　イザベラが大役を……私はイザベラの成長をそんなに長い間見られなかったということか」

涙して天を仰ぐベルティナンドさん。悲しみと嬉しさが両方混じっていて、なんとも複雑な表情だ。

「イザベラちゃんは最初、カーズ司祭という悪者によって、牢獄石に囚われていました。それを解放して以降、僕らのことを助けてくれているんです」

「牢獄石⁉　それを解放って、できるものなんですか？」

ベルティナンドさんはまたも驚いている。まあ、牢獄石の反応は色んな人で見たけど、みんな同じ反応だな。それだけ凄いってことだね。

「本当にありがとうございました」

何度も頭を下げてお礼を言うベルティナンドさん。いきなり攻撃してきた人がこんなに変わると何だかおかしいな。まあ、操られていたんだけどね。

「で、これからどうしますか？　エリンレイズに帰ってコリンズに会います？」

「そうですね……私の忠告も聞かずに民《たみ》を傷付け続けたんですから、一度会って怒ってやらないと気が済みませんね」

黒いオーラを身に纏って、ベルティナンドさんが怖い笑みを浮かべる。コリンズにはいい薬だな。

「だけど、その身体じゃまだ旅はきついんじゃ？」

「大丈夫です、一刻も早く行きたいくらいで……ぐっうう」

言わんこっちゃない。ベルティナンドさんはソファーから飛び上がると、立ちくらみを起こしてしゃがみ込んでしまった。流石に病み上がりじゃ危ないよ。

「無理しちゃダメです。それに、イザベラちゃんももう少しで帰ってきますから、会ってあげてください」

イザベラちゃんもあんなに心配していたんだし、親として、会ってあげないとダメだよね。

「それもそうですね。コリンズなんかに会うためにイザベラとの再会を延ばすなんて、よく考えたらもったいないですよね。会えなかった間に、ブレラのように美しくなっているのだろうか」

「ブレラ？」

「ああ、妻です。コリンズの下につく時に故郷に置いてきたんですよ。コリンズの評判はあまり良いものではなかったから、危険が及ばないようにしたんです」

妻ってことはイザベラちゃんのお母さん？　そういえばイザベラちゃんからは聞いていなかったな。

「イザベラちゃんは、お母さんの話をしていなかったんですけど」

「イザベラは妻のことを知りません。死んだことにしていましたから」

ん？　ブレラさんと離れて暮らしていたけど、イザベラちゃんは近くに置いた？　守るために置いてきたブレラさん。じゃあ、イザベラちゃんはどうなんだ？

「ブレラさんは置いてきて、イザベラちゃんは連れてきたんですか？」

「ああ、やっぱり気になりますよね。一度、コリンズにイザベラを見せたら、イザベラにお熱になってしまってね。連れてこなかったら言うことを聞かないとか、駄々をこねたほどです。うちのイザベラは幼少の時から可憐《かれん》で引く手あまただったたってわけ。凄いでしょう」

自慢話をするように言ってくるベルティナンドさん。これ以上下がらないと思われていたコリンズの株をさらに下げてきたね。

「ブレラさんは今どちらにいるんですか？　この街に呼んであげたほうがいいと思うんですけど」

「呼んでくれるのですか？　しかし、そんなことまでしてもらってはとても恩を返せません」

確かに、凄い恩ではあるかもね。でも、それも含めてイザベラちゃんが返してくれている。エルフたちへの説明や相談だって見事にやっているだろうから、それで充分だ。

「イザベラちゃんも色々してくれていますから、そのくらい大丈夫ですよ。それで、どこにいるんですか？」

「ありがとうございます……ここから、二つの街を越えた先にある村です。名前はルサルカ。開けた高原にあって、とても夕日の綺麗な村なんです」

「それはエリンレイズの方角ですか？」

「そうです。エリンレイズとテリアエリンを越えた先ですね」

結構、遠いな～。まあ、冒険者ギルドに頼めば大丈夫かな。

「わかりました。すぐに連絡を入れてみます」

善は急げだ。

◇

「ということなのでライチさん。ギルドから依頼を出して、どうにかブレラさんと連絡を取れませんか？」

街の冒険者ギルドを訪れて、ギルドマスターのライチさんに相談。ブレラさんを連れてきてもらう手はずを整えることにした。

冒険者ギルドや商人ギルドでは、連絡に鳥系の従魔を使っているらしい。電話みたいなものがあるのかなと踏んでいたんだけど、そんなものはなかった。

伝書鳩のように、手紙をその従魔に持たせて飛ばし、連絡する形が一般的らしい。

「わかりました。連絡を入れてみますよ。コヒナタさんの頼みなら断れませんしね」

ライチさんは僕のお願いを受け、執務机で手紙をしたためていく。名前と住んでいる村、それとここまでの護衛料を伝えて書いてもらう。

「しかしコヒナタさん、護衛料がかなりの額になってますが、いいんですか？」

「イザベラちゃんのお母さんですからね。それに、何かあったら大変でしょ」

ライチさんが額を見て驚いていた。白金貨一枚で依頼しているんだけど、通常は金貨三枚くらいらしい。

依頼する冒険者については、ここの近隣のギルド所属で、上位ランクという二点だけ指定を付けてもらった。

本当なら僕が出向きたいんだけど、エヴィルガルドに行っているみんなを迎えに行かなくちゃいけないし、あまり長く留守にはしたくない。

ニーナさんも少しずつ、次代の長として成長しているみたいだけど、まだこの規模の街を任せるには心許《こころもと》ない感じがする。服を作るのに夢中になっている時とか、良くも悪くも子供みたいだもんね。

そうそう、ニーナさんといえば、しょっちゅう僕にファッションショーみたいに服を見せてくるんだよね。そろそろ冬が近付いているし、肌を見せるような服じゃ寒いと思うんだけどな〜。

まあ、露出の多さに目が奪われてしまっているのは内緒《ないしょ》だけども。

「そういえば、コヒナタさんに言っておこうと思ったことがありまして。ちょっと最近、忙しそうにしてらしたので機会がなかったんですが……」

手紙を書きながらライチさんが言う。何だろう？

「コヒナタさんの冒険者ランク、Sになっていますからね」

「へ〜、ランクがSなんですか〜……、ええっ!!」

いつの間に……依頼もこなしていなければ、昇格《しょうかく》試験みたいなものも受けていないのに何で？

「どうしてそんなことに!?　試験とか一切してないじゃないですか」

「昇格試験は、その人の実力を測るものです。あなたを測れる人なんて、正直ギルドにはいないんですよ。実質、S以上と言っても過言じゃないんですよ」

何だか、凄いことになっているみたい。でも、各地を渡り歩いて宣伝したり、ギルドにめちゃくちゃ貢献《こうけん》したりもしてないのに、なんで僕のことがそんなに知られてしまっているんだ。

「コヒナタさんはレイズエンドを救ったんですよ。実はエルドレット様がエルフの国へと進軍を始めていたそうで、なぜ自分が軍を率いていたか記憶になかったそうですよ。兵士の一部も同じ様子でした。それに各地を浄化したあの巨大な水球……色々と、心当たりがあるんじゃないですか？」

「あ～……」

ライチさんの話を聞いて僕は苦笑いを浮かべる。エルドレット様はレイズエンドの王様だ。

僕たちがワールド・ウォータースプラッシュでエヴルラードを倒したことで、それに操られていた人たちは解放された。タイミングから考えると、エルドレット様やその兵士たちも操られていた、ということになる。

放っておいたらエルフと人族で戦争になっていただろうし、危ないところだったんだね。

みんなを解放した功績も僕のものになってしまったわけか。

僕が額に手を当てたまま固まっていると、ライチさんは苦笑する。

「やっぱりそうでしたか……まあ、それがなくてもSランクの話はされていたんですよ。だって、こんな街を一か月以内に作ってしまうし、こんな別格な剣を片手間で作ってしまうし。どれだけ世界を救えば気が済むんだって話ですよ」

ライチさんは僕の作った剣を握って話した。

世界を救うって、それは流石に大袈裟《おおげさ》なんじゃ？

「気付いていないみたいですね……例えばこの剣。これもかなり強力ですよね？」

ライチさんがバンと音を立てて机に剣を置いた。白いモヤモヤに覆われた剣だ。

「えっ？　僕らの今使っている武器よりは弱いですけど？」

「いやそういうことじゃないです！　この武器は、清い心の持ち主しか持てないんですよ」

これは世界樹の枝とただの鉄をコネて作ったアイアンソードなんだけど、そんな特性がついてしまっているらしい。

「魔物に対しても効果が凄いんです。Eランクの者が使っても、Cランクの魔物を一振りで倒せたりしてしまうんです」

「そうなんですか～……」

それってどれぐらい凄いのかな？

「は～、わかっていないみたいですね。もういいです。ただ、あなたはSランクの冒険者になりましたということだけ、覚えておいてください」

呆れたようにため息をついたライチさん。手紙をライチョウのような鳥の従魔に括《くく》りつけると、鳥はすぐに飛び立っていった。

「手紙ありがとうございます」

「いえいえ。こちらこそ、エルフの問題を解決してくれてありがとうございました。こう言うのもおこがましいかもしれませんが、王国のみんなを代表してお礼を申し上げます」

ライチさんは立ち上がり、九十度まで腰を曲げてお辞儀し、お礼を言ってきた。僕が部屋を出るまで頭を下げ続けていたよ。

僕は世界を救った、ということになるみたい。

エヴルラードを倒したのも、ワールド・ウォータースプラッシュも、それだけ凄い出来事だったんだな～。何だか急に実感がわいてきてしまった。

ウィンディが一緒じゃなくてよかった。僕がSランクになってしまったなんて知られたら、何を言われるかわからないからね。

◇

屋敷に帰ってくると、ちょうどクリアクリスたちが戻ってきていた。

クリアクリスが僕に飛びついてくる。

「おっと、ちゃんとお家は案内できたかい？」

「うん！　お父さんとお母さん喜んでたよ」

良かった、家は良好だったみたい。グリードさんとビスチャさんも頷いていて、一緒に行ったウィンディにお礼を言っている。

「しかしコヒナタ様、娘を助けてもらい、家までもらってしまったらどう恩返しすればいいのか……」

グリードさんは悩んでるみたい。そんなこと気にしなくていいんだけどな〜。

「あなた、それなら魔鉱石《まこうせき》を差し上げればいいんじゃない？」

グリードさんの肩に手を乗せて、ビスチャさんが提案している。

「魔鉱石？」

魔鉱石って何だろう、気になって僕は首を傾げる。

「いや、ビスチャ、魔族が秘匿《ひとく》していることをそんな簡単に……」

「でも私たちがお返しできるものは、これくらいしかないんじゃない？」

魔族たちが秘密にしていることを伝えようとしているみたい。そんな大切なものを、いいんだろうか。何だか世界樹の苗を渡してきたボクスさんを思い出すな〜。

「確かに、世界樹の主に恩を返すにはこれしかないか」

グリードさんが決心したように呟いた。

「コヒナタ様、鉄をお持ちですか？」

「鉄ですか？」

グリードさんの言葉に、僕は首を傾げたまま聞き返した。グリードさんが「はい」と言うので、僕はアイテムボックスから拳大の鉄の鉱石を取り出した。こんなもので何をするのかな？

「少しの間預かります」

グリードさんは鉱石を受け取ると両手で覆った。

そして目を瞑ってフンッと力を入れる仕草をした。すると、鉄の鉱石が紫色に輝き出した。

「はぁはぁ、これが魔鉱石です」

息を切らしてそう話すグリードさん。

「我々魔族は、鉱石に特別な魔力を注ぎ込むことができるのです」

なるほど、ということは、今ので鉄がミスリルとかよりもいいものになったってことなのかな。

「そんなことを僕に教えてよかったんですか？　門外不出《もんがいふしゅつ》って感じの情報ですけど……」

「我々の命はコヒナタ様のものと心に決めました。たとえそれだけのために生かされたとしても、悔いはありません」

重いな～。グリードさん、責任感が重過ぎるよ。

やっとのことで家族を取り戻したんだから、そのまま暮らしていればいいんだよ。

「私たち二人で魔鉱石を作ります。コヒナタ様はそれを使ってください」

「鉄の鉱石も自分たちで調達しますので、コヒナタ様のお手は煩《わずら》わせません」

いやいや、そこまでしてくれなくていいんだけどな。

「いえ、流石に鉱石はお渡ししますよ。お二人のお家にある棚が、ちょうどアイテムバッグのようなものになっているので、そこに入れておきます」

「アイテムバッグ!?」

「そんな貴重な魔道具を……」

グリードさんとビスチャさんは驚いて戸惑っている。ウィンディはその辺の細かいところまでは説明していなかったみたいだね。

「鉱石は私が用意しよう」

「リッチ？」

クリアクリスの両親と話していると、リッチが玄関から入ってきた。

「在庫があるとはいえ、いつかはなくなるだろ。採掘は私の骨がやったほうが安全だしな」

「え～、でも、僕が取ったほうがいいものが取れるよ」

「鉄や銅だけなら、さほど変わらんだろう？　ミスリル以上の鉱石には手を付けないでおく。それならどうだ」

リッチは僕のスキルも理解しているので、ミスリル以上の鉱石は残しておいてくれるみたいだ。

それなら大丈夫かな？

「この方まで使役しておいでなのですか……」

「もはや、コヒナタ様が魔王なのでは……」

グリードさんとビスチャさんは輝かんばかりの目で僕を見つめてきた。確かにリッチの見た目は魔物そのものだからね。使役しているなんて思われたら、魔王なんて表現もそりゃ出てくるよな。

「リッチは友達だよ。使役とかそういうことじゃない」

「いや、違うな。私はコヒナタの親友だ。切っても切れない縁というやつだな」

リッチは眼窩《がんか》を赤く輝かせて、恥ずかしげもなくそう言った。この世界に来て仲良しの人がたくさんできたけど、親友って言葉を使われたのは初めてだ。何だか嬉しいな。

「では、私たちはリッチさんにいただいた鉱石で魔鉱石を生成していきますね」

「もちろん、それだけで恩を返せるとは思っていません。もし街に何かあったら、私たちが先陣を切って戦線に出向くつもりです」

「「以後よろしくお願いします」」

グリードさんとビスチャさんは声を揃えて深くお辞儀をしてきた。

「おねがいします～」

クリアクリスも真似して言ってくる。

昔は弱かったと言っていたお二人だけど、角も治ったし、雫で身体の調子も万全になったわけだし、今となっては大きな戦力になるだろうね。ましてそこにクリアクリスも加わったら凄そうだ。

この街は一体どれだけ戦力が集まっちゃうんだろう。

◇

エヴィルガルドへの潜入やクリアクリスの両親のことが落ち着いて、しばらくが経過しました。

イザベラちゃんのお母さんとは連絡が取れて、馬車でこっちに向かってきているみたい。ベルティナンドさんは一足先に家に入居して、この街で暮らし始めている。

その間にも、ルーラちゃんたちの教会の建設だったり、新しく街に来た人たちの入居だったりが進んでいくんだけど……。

「みんな、僕に頼らないでコツコツ働いてるから、暇だ……」

屋敷のリビングのソファーに昼間から寝ころんで、僕は時間を持て余していた。

僕に気を遣ってくれているんだろうけど、このまま僕のやることが減っていったらボケてしまうよ。

とはいっても、差し当たって製作が必要なものはないし、グリード夫妻に生成してもらった魔鉱石の鉄で鎧や兜も作ってしまった。

ちなみに、この間ライチさんに僕が作った剣のことを話されてから考えて、これまでより積極的に武器や防具を卸《おろ》すことにした。商人ギルドを通して平和に役立てられたらと思っている。

僕の武器や防具は清い心の人、悪意のない人しか装備できないみたいだからね。その制限があるから、それなら安心して卸せると思ったのだ。

例えば剣や槍も、魔物に有効で冒険者たちにも人気なんだよね。

一日十本ほど卸すことになっているんだけど、作るのに一時間もかからないからすぐに終わっちゃう。

どうしようかなと思っていると、寝そべっているソファーの後ろで誰かの気配がした。

「コヒナタさん、ファラさんたちがデスタワーに着いたようですよ」

ワルキューレがそう言って僕の肩を叩く。

「了解、迎えに行こうか」

「私も行く～」

僕が転移の杖をアイテムボックスから取り出すと、クリアクリスが飛びついてきた。

「ただ行って帰ってくるだけだよ？」

「それでも行く～。イザベラに早く会いたいから！」

イザベラちゃんはすっかりクリアクリスを手なずけているな。クリアクリスにとっては僕と彼女と一緒にいられるということで、ダブルでお得みたい。

「じゃあ行こうか。……あれ？　ウィンディは？」

「ウィンディは街道を見張るって言ってたよ～」

「そうなんだ……」

エヴルラードとの戦いで、一瞬操られてしまっていたウィンディ。

帰還してからも体調に変化はないみたいだけど、前よりも僕にベタベタすることが少なくなっていた。

今みたいに、街の外に出て見張りや魔物狩りをしていることが多い。そして、その後帰ってきても、いつものウィンディとはちょっと違う感じで掃除や料理に専念していたりする。

何だか調子が狂うね。

「じゃあ、とりあえず行こうか」

「うん～」

僕はクリアクリスと手を繋いで、転移の杖を掲げた。

第九話　みんなの本音

転移すると、目の前にファラさんたちが並んでいた。

「みんな、お疲れ様」

ファラさんたちは、一斉にありがとうと返してくれた。少し疲れている様子だけど、やっぱり大変だったのかな？

「エルフの人たちは大丈夫でしたか？」

「ああ、なんとか……」

ファラさんが溜息交じりに答えると、ナーナさんが付け足す。

「王都の混乱を鎮めるのに二日、説明や説得にさらに二日かかりました」

「それでも混乱はしていたけどな……」

ルーファスさんも苦笑している。なんとも大変だったようです。

「イザベラお帰り～」

「ふふ、クリアクリスちゃん。ただいま」

イザベラちゃんは疲れているのを隠して、クリアクリスの抱擁《ほうよう》を受け止めた。そのままポンポンと彼女の背中を叩くイザベラちゃん。母性が半端ないのが窺えるな。

「とりあえず、詳しい話は後にして屋敷に帰ろうか」

「そうだな」

僕はみんなと手を繋いで、タワーから転移する。

イザベラちゃんのお母さんが来る前に帰ってきてしまったけど、今いても後から来てもびっくりするだろうから大丈夫だ。サプライズなことに変わりはない。


「お帰りなさい」

「ただいまワルキューレ」

屋敷のリビングに転移すると、ワルキューレがお辞儀をして迎えてくれた。

「皆さんお疲れでしょう。お風呂を用意してあります。話すことは色々とあるでしょうけれど、一度お寛《くつろ》ぎください」

「ああ、ワルキューレ、ありがとう」

みんなそれぞれお礼を口にしつつ、お風呂に向かっていった。

うちのお風呂は地下にある。男湯と女湯にちゃんと分かれているので、男女どちらかが入り終わるのを待つ必要はない。広さも充分でゆったりできるのでみんなに人気です。

しかし、最近のワルキューレはまるでメイドさんみたいだ。

僕の代わりに掃除までしてくれる。そこまでしなくてもいいんだけど、彼女としては譲れないみたい。

そこへ、ウィンディも帰ってきてお風呂に向かった。でも僕とは目を合わせない。

最近、僕を見るとすぐにそっぽ向くようになったな。なんかあったのかな?


「あー、いいお湯だった……レンは入らないのか?」

「……うん。今日は何もやってないし疲れてないから、後でいいや」

「そっか」

お風呂から一番に上がってきたのはファラさんだった。

ファラさんはマイルドシープの毛皮で作ったバスローブに身を包んでいる。

これも全員分作ってあったものだ。もちろん着心地《きごこち》の良さでみんなに大人気なんだけど、僕は好みで浴衣《ゆかた》を作って、お風呂上がりはそっちばかり着ている。

ファラさんは裸にそのまま着ているらしく、色気がやばいです。

腰に手を当てて、聖なる聖水を一気飲みしている。我が家ではミルクではなくて、水なのです。美味し過ぎるからしょうがない。

「ゴクゴク……レンも飲む？」

「あ、いや～いいかな」

僕のほうはファラさんの色気に当てられてクラクラしてくる。

「レンは、ドキドキするのか？」

「はい!?」

僕の座るソファーの横に来て、突然しゃがみ込むファラさん。変なことを聞いてくるものだから声が裏返ってしまった。

「ああいや、ウィンディとかエレナが迫っても、何もしないから」

少し照れながら彼女は話し始める。

もちろんドキドキしないわけじゃないけど、あんまり意識しないようにはしているかな……と僕は答えた。

っていうか迫ってきていたの？　ウィンディにはこの間、本音をぶつけられたからわかるけど、エレナさんも？

「エレナはガッツさんに言われたことと関係なしに、レンのことを好きなんだよ。体調を崩していた間も、レンのことを想っていたしね」

「……」

そんなに想ってくれていたのか……と驚いていると、ファラさんが何かを呟いた。

「まあ、私も想いは負けないけどな」

「え？」

「ううん、何でもないよ。あんまり鈍感だと嫌われるぞ」

聞き返したんだけど、ファラさんは赤い顔で僕のおでこをつついてきて、二階に上がっていった。

「鈍感って僕のこと？」

何だかわからないけど、ファラさんの中ではそうみたいです。


「レン、どうしたの？　ぼーっとして」

「ああ、エレナさん」

ファラさんに言われたことを考えていると、お風呂上がりのエレナさんに声をかけられた。少し心配そうな表情で、僕の顔を覗いてくる。

お風呂で上気した顔と石鹸《せっけん》の香りのせいで、妙に緊張させられる。

「ファラさんが僕のことを鈍感って言うんだよね」

「えっ？　レンのこと？」

ファラさんに言われたことを伝えると、エレナさんは少し驚いたような声を出す。

それからなぜか俯いて顔を逸らし、小刻みに肩を震わせ始めた。

「ふふ、ファラさんがね～。ふふ」

何かと思ったら笑っていたみたい。

「ごめんなさい。レンが気付いていないのがおかしくて……」

「エレナさんまでそう思ってたの？」

エレナさんも僕のことを鈍感だって思っていたみたい。

「私は、ウィンディが羨《うらや》ましかったんだ。あんなにハッキリと好意を寄せられるんだもん」

「羨ましい？」

ウィンディのことが？

「そう、だってあんなに真っ正面から好きな人に向かっていけるんだもん。羨ましくもなるよ」

ウィンディとのやり取りを見て、そんなことを思っていたのか、あれを羨ましく思われても困るな。エレナさんもウィンディみたいになりたいってことでしょ？　ウィンディにはもっと厳しくするかな。

「……私もレンのことが好きだよ」

「えっ？」

エレナさんは両手をモジモジといじりながらそう言ってきた。ウィンディ以外の女の子に好きなんて言われたことはなかったよ。

「でも、無理にお嫁にもらってなんて言わない。ただ、一緒にいたいだけだから。これはおじいの話は抜きだからね。私だけの気持ちだから！」

エレナさんは強い口調でそう言ってきた。さっきファラさんが言っていた通り、おじいさんのガッツさんから嫁になれと言われたこととは関係なしに、好きになってくれたのか。う～ん、こんな可愛い子にモテてしまうなんて、明日死んでしまうんじゃないのかな？　僕は。

「みんなもそうだよ。レンのことが大好きなんだ。うん、私も負けないようにしないとね。……それじゃ、ちょっと涼んでくるから」

顔が真っ赤になっていたエレナさんは、僕の答えを待たずに二階に上がっていった。

「告白されちゃった……」

頭の中がいっぱいになって、またしても、ソファーでボケーっとしてしまった。

元の世界でこんな経験はなかったので、何だか寝耳に水といった感じだ。

「どうしたんだ、レン？」

「黒パンの上のバターみたいになってるぞ」

お風呂上がりのエイハブさんとルーファスさんが聖水を片手に現れた。

二人とも、見事な筋肉が眩しいね。キレてるキレてる～って幻聴《げんちょう》が聞こえてきます。

「僕は鈍感なんだってさ〜」

「「……」」

エイハブさんとルーファスさんはそれを聞くと、黙ったまま水を飲み干し、呆れた表情で二階に上がっていった。そんな顔しなくてもいいじゃないか。

「コヒナタ様。お風呂、ありがとうございます」

「ああ、いえいえ」

続いて今回の功労者の一人、イザベラちゃんがやってきた。バスローブに身を包み、長い髪をタオルで拭いている。大きくなったら美人になるんだろうな。

「そうだイザベラちゃん、伝えておくことがあるんだけど」

「はい？」

ベルティナンドさんが回復したことを伝えてあげなきゃね。

「お父さん、回復したんだよ」

「え、本当ですか!?　よかった……」

「先に新しいお家に住んでもらってたんだ。今呼ぶね」

僕はレッドスケルトンを呼び出して、ベルティナンドさんの家へと走らせた。

「お父様が……このタイミングでということは、あのワールド・ウォータースプラッシュで、お父様に呪いをかけていた人が……？」

「そう、浄化されて自分から解呪しちゃったみたい。流石、話が早いね」

少し話しただけで色々と察しがついたイザベラちゃん。頭の回転が本当に速いな、この子。


「イザベラ～！」

「お父様!!」

しばらくリビングのソファーで休んでいると、ベルティナンドさんが屋敷にやってきた。感動の再会ってやつだね。

「おお、大きくなって……それにその姿は、もしやコヒナタ様にお情けを――」

「ちょっと、お父様!?」

僕にお情け？　お情けって何だろう？

「これで我が家の後継者は安泰《あんたい》――」

「ですから違います！」

後継者？　安泰？　情けってまさか。

「子供はいつ頃だろうか。一年くらいはかかるだろうか」

「お父様!!」

やっぱり、お情けってそういう話なのね。イザベラちゃんがバスローブ姿でいるものだから誤解したんだな。

「そういうのじゃないです、落ち着いてください、ベルティナンドさん」

勝手に嬉しくなっているベルティナンドさんをなだめる僕。

まったく、その認識は親としてどうなんだ。まだこんなに幼い子に手を出すなんて、僕は断じてしません。

というか、そんな奴に娘を渡してはいけません。

「すみません。コヒナタ様、父がご無礼を」

「ははは、元気になってくれてよかったよ」

イザベラちゃんはベルティナンドさんの頬を引っぱたきながら謝ってきた。ベルティナンドさんの頬は真っ赤になってしまっていて、ダンディーな顔が見る影もない。

「お父様も謝って！」

「ひつれいしまひた」

どっちが親だかわからないな。イザベラちゃんは本当にしっかりした娘だよ。

◇

「父のこと、本当にありがとうございました」

ベルティナンドさんが落ち着いたところで、イザベラちゃんがお礼を言ってきた。

今、僕たちはみんなで向かい合わせのソファーに座っている。みんなお風呂から上がって、さっぱりしてからの集合だ。

「いえいえ。そしたら、エルフの国での話を聞かせてくれる？」

ベルティナンドさんはイザベラちゃんのお父さんだからね。お礼はいらないよ。

僕は、イザベラちゃんに本題に入るように伝えた。

「あ、はい」

イザベラちゃんはファラさんに目配せした。ファラさんが大体の話をまとめてくれていたみたい。

「ここからは私が話すよ。補足をお願いできる？　イザベラ」

「はい」

ファラさんもイザベラちゃんを頼っているみたい。それを見て、ベルティナンドさんは目を輝かせている。我が子が活躍している的な嬉しさなのかな。

「まず、城へと案内してくれたエルフを覚えてる？」

「ああ、ハザードの執事さんだよね。ランドさんだっけ」

「そう。その人がこれから王としてエルフをまとめることになった。まあ、色々紆余曲折《うよきょくせつ》はあったけどね」

え、あの人が王様になったってこと？　記憶を失くしていなかった人の中では、あの人が一番地位の高い人だったのかな？

「エヴィルガルドは、元の名前に戻すことになったんだけど……」

「エヴルガルドでしたっけ？」

「そう。レンたちと別れた後、ランドさんたちに手伝ってもらって、兵士たちと一緒に街の人たちを広い公園に集めたんだ。みんな混乱していたからね。私はなんでここにいるの？　あの人はどこに？　ってさ……」

「クリアクリスちゃんのご両親みたいに、よそから連れてこられた人たちもいましたし、大切な人がいなくなったことに気付いていない人たちもいました」

ファラさんに続いて、イザベラちゃんが口を開いた。その話に目を伏せるみんな。

やっぱり、記憶が残っている人は少なかったみたいだね。

大切な人と離ればなれになるのは悲しいけど、その時の記憶すらないっていうのはもっと悲しい。

「エルフは長命だから、乗っ取られる前のエヴルラードと一緒にあの国を治めていた大臣たちが、まだ何人も生き残っていた。彼らはエヴルラードの最期《さいご》を知って涙していたよ」

街を改名したのが三十年ほど前だっけ？　それ以上前から穢れに乗っ取られていたんだよね。

「彼らから話を聞いて、実際の歴史と照らし合わせてみると、驚いたことにエヴルラードの考えがおかしくなったのは五十年も前の話だとわかった」

「王都が改名された時に変わったわけじゃないの？」

ファラさんの言葉に、思わず僕は尋ねる。

「ああ、それよりもっと前だ」

穢れは彼を乗っ取ってからも、しばらくは大きな行動には出ず、虎視眈々《こしたんたん》と機会を窺っていたようだ。そして改名した頃に、国中のエルフたちを操ることにも成功した。

「五十年……それくらい前には、まだエルフの冒険者も多くいたと聞いたことがある。最近エルフの冒険者を見ないと思ったら、そういうわけだったみたいね」

確かに僕も、異世界なのにエルフさんがいないなあとは思っていた。迫害されて姿を現さなくなったとか、そういうわけではなかったんだな。

「街の人たちをひとまず落ち着かせた翌日、私たちは城に招かれてこれからのことを相談したの」

「みんなで潜入した時もそうでしたけど、お城はとても綺麗でしたよね。穢れといっても綺麗好きだったみたいです。埃《ほこり》一つ落ちていませんでしたから。クリアクリスちゃんの一撃で、玉座の間は半壊しちゃっていますけど」

補足をしながら苦笑するイザベラちゃん。ふむふむ、穢れは綺麗好きっと。ってそれじゃ僕みたいだな。

クリアクリスは派手に壊しちゃったもんな。まあ、彼女がやらなかったら僕がやる予定だったけどね。

「綺麗好きって、何だかレンみたいだね。ウィンディ」

「……うん」

エレナさんに同意を求められたウィンディは、僕を見て顔を赤くしながら頷いた。何だかウィンディの様子がおかしい。少し心配だな。

「あと、誰も行方を知らないエルフがそれなりにいたようなんだ」

「コヒナタ様のワールド・ウォータースプラッシュで消えていったエルフも何人かいたみたいで」

ファラさんとイザベラちゃんが説明を続ける。

やっぱり、ピースピアに来た奴とか、エヴルラードが最後に呼び寄せた奴らみたいな幹部が、他にもいたってことか。まあ、全世界規模の攻撃で、まとめて天へ召されてしまったようだけど。

「大臣たちが軒並《のきな》み乗っ取られて、消えてしまっているかもと思ったんだけど、そうじゃなかったのは幸運だったね。大臣クラスなら普通、全員乗っ取ってしまいそうなものだけど……そこらへんの線引きはよくわからない」

「ともあれ、そのおかげでエルフたちは国を維持できそうです。よかった」

国のトップを務められる人たちが無事だったなら、大体は治められるだろうね。

これから新しい王も、その大臣たちと共に再建していったほうが安心するだろう。僕たちみたいな部外者が関わらないほうがよさそうだし。

「最初は戸惑うこともあるだろうけど、根はエルフだからね」

「森の守り人エルフは、清い存在ですから。大変でしょうが、大丈夫だと思います」

ひとまず、エルフの騒動は終わりを告げたってことかな。よかったよかった。

「レンにもらった世界樹の枝がいい仕事をしたよ。エルフたちの信頼を得るには最適だった」

そう言って、以前僕が渡した枝を見せたのはエイハブさん。

その隣で、ルーファスさんが口を開いた。

「ああ、そうそう。今度レイズエンドの王が会いに来るらしいぞ。今回の手柄を称えに」

「ええ⁉」

レイティナさんのお父さん、エルドレット様がこの街に向かっているそうです。

到着はまだしばらく先になるそうだけど……あ〜、偉い人が来るっていうだけで胃がキリキリする。僕もお風呂で休んでこよう……。

◇

「はぁ〜、生き返る〜」

僕は一人、デスタワーの地下にある温泉にやってきました。

地下に温泉があるなんて凄い贅沢《ぜいたく》だ。塔の直径以上に広いみたいで、四十畳はあるんじゃないかな。天井も高くて、一人には広過ぎるよ。

周囲に誰もいないのは、久しぶりな気がする。たまには一人になるのも大切だよね。

召喚された直後から、色々なことがあった。色々な人に出会って、良いことも悪いこともいっぱいあったな～。

「これからも色々あるんだろうな」

「そうね。期待しているわよ」

「えっ⁉」

驚いて振り向くと、浴槽のそばにルースティナ様が立っていた。

「ふふ、誰もいないと思いました？」

「ななな、なんであなたが⁉　神界じゃないのに」

「ふふ、下界には降りられないなんて言ってないわよ？　とはいえ、みんながいるところに現れたら、神としての威厳《いげん》がなくなりそうじゃない。会えないから神様、と崇めてもらえるのだし」

まあ、言っている意味はわかるけどさ。それなら、僕にも会っちゃダメなんじゃないかな？

「エヴルラードの件はありがとうね。見ていたけど、まさか、あんなに早く倒してしまうなんて。流石、あちらの世界の人」

「ほぼほぼ、ワルキューレの力ですけどね」

世界樹の雫とワールド・ウォータースプラッシュの力で倒したんだから、ワルキューレのおかげって言ったほうが正しいと思う。僕は指示をしただけです。

「謙遜《けんそん》しなくてもわかってるわよ。あなたも含めて、あちらの世界の人は素晴らしいわ」

「僕以外にもいるんですか？」

「ええ、他の世界にね。中には復讐の鬼になってしまうとか、ろくでもない人もいるけど……それ以外は色々な世界の人との出会いを経て、平和に過ごしています」

どうやら、地球の人々は異世界の神様方に好かれているようです。これはまだまだ召喚とか転生とか収まらなさそうだな。

「特にコヒナタさんと同じ日本人が好まれているみたいよ。召喚されてからの理解力が半端なくて、私たち神がわざわざ説明しなくても大丈夫だって」

「……まあ、僕らの世界じゃ日常茶飯事《さはんじ》ですからね。創作物の中でですけど」

日本人は妄想で生きているのだよ。パズルのピースが少しでも合致すれば、すぐにその世界のテンプレやルールを理解できる。

「ふふ、それにしても、気持ちよさそうですね。私も入っていい？」

「えっ⁉」

了承を得るまでもないといった様子で、ルースティナ様がスルスルと服を脱いでいく。

僕は慌てて顔を背《そむ》けた。

「あ〜、やっぱり温泉はいいわね」

「そ、そうですか……」

広い浴槽なのに、わざわざ僕の横に浸かったルースティナ様。温泉の匂いが一瞬で甘い香りになって、湯当たりを起こしそうです。

「じゃ、じゃあごゆっくり。僕はもう充分浸かったので」

「あら、そう？　じゃあコヒナタさん、後でステータスを確認してみて。〝新しいもの〟を授《さず》けておいたから。あと、この温泉にもまた来るわね。とても気持ちいい」

腕をさすりながらルースティナ様が言う。思わず見てしまったけど、本当に作り物みたいな綺麗な肌で、人間ではないんだなって再確認しました。

「久々に褒めてくれたわね、ありがとう」

ルースティナ様がお礼を言ってきた。

ああ、そうか。心を読めるんでしたっけ。まあ本当のことなのでしょうがないか。

「そういうところが女ったらしなのよ」

「えっ？　そんなことないですって……」

「ふふ、コヒナタさんはもうちょっと、皆さんに気持ちをハッキリ伝えたほうがいいわよ」

「は、はぁ～？」

ルースティナ様の忠告に首を傾げる。結構、ハッキリ言っているつもりだけどな。

僕はそのまま温泉を後にした。


「は～、お風呂後の牛乳はやっぱりいいな～」

みんなは聖なる聖水を飲んでいたけど、僕は今日は牛乳です。この世界にも牛がいてくれてよかったよ、本当。

「あ、そういえばステータスを見てって言ってたっけ」

ルースティナ様に言われたことを思い出してステータスを開く。

レン　コヒナタ（天使）

レベル　75

【HP】　5690　　【MP】　5380

【STR】　650　　【VIT】　630

【DEX】　620　　【AGI】　750

【INT】　550　　【MND】　550

スキル

アイテムボックス【無限】　鍛冶の神

採掘の神　採取の神

「あれ？　スキル名が王から神になってる？」

確かに新しいは新しいけど……いや、もう一個おかしい項目があった。

名前の横におまけのように、括弧《かっこ》書きで天使と表示されている。意味がわからないけど、スキルのレベルが上がったのは、天使になったからってことでいいのかな？

「天使ってなんだ？」

「神のスキルを持つと空気から物質を作り出したり、空気を採取できたりするの。この世界の理《ことわり》そのものを手に入れることができるのよ」

「そんな凄いもの……って、もう上がったんですか？」

僕が上がってまだ十分くらいしか経ってないと思うんだけど、ルースティナ様が温泉から上がってきた。とりあえず無限タンスにいっぱい入っていたバスローブを一着渡す。

綺麗な長髪が白いバスローブにかかっていて、またなんとも言えない色気が……。

「コヒナタさんってむっつりよね」

「ああ、また読まれた……そう思うなら、そんな隙を作らないでくださいよ」

綺麗な人がそんな姿を見せるのが悪い。心を読めるのなら自重してくださいな。

「……そうね。気を付けるわ。でも、褒められるのはいい気分ね」

「はいはい」

何だかウィンディみたいな人だな。

「……彼女のことも、そんなに嫌わなくてもいいと思うけれど。命を助けられた人に恋するのは自然なことでしょ？」

ルースティナ様は、無限タンスから僕と同じように牛乳を取り出して飲んだ。

「別に、嫌ってなんかないです。って、ウィンディのことはいいんですよ。ステータスにあった〝天使〟、あれ何なんですか？」

「神のスキルを得るには、実は人の枠では無理なのよね。それで、天使になってもらったの」

「人をやめたいと思ったこと、ないんだけどな……あれ、天使になると寿命とかってどうなるんですか？」

「もちろん、延びるわよ。千歳くらいかしら？」

「千⁉」

僕は素《す》っ頓狂《とんきょう》な声を上げてしまう。

まさか、人をやめることになるとは思わなかったし、寿命まで延びるなんて。

「これ、言っていいのかわからないけど、あの街の人たちもなかなかの寿命になってるのよ。ダークエルフとエルフは元々長いけど、特にあなたのお仲間たちはね」

「ええ⁉　何歳くらいですか？」

「そうねえ。さっき言っていたウィンディさんは三百歳くらいかしら。ファラさんは五百歳くらい」

「な……なんで……」

ルースティナ様の答えに、僕はもう呆然としてしまう。そりゃ驚くよね。

「世界樹の雫と、聖なる聖水の影響でしょうね。湯水のようにそれが使われているあの街で生活していれば、そうなるわよ」

「そうなんだ……みんなには黙っていよう」

「そうね。中には寿命が延びたことを嫌がる人もいるかもしれないし、それが賢明《けんめい》よ」

まさかこんなことになるなんてな～。リラックスしに来たのに、悩みの種が増えちゃったよ。

「この世界にとっては吉報ね。清い心を持った人々が長生きになったんだから」

「そうですかね……」

みんながいいならいいんだけど。

仲間内だけでも言ったほうがいいかな～。悩みます。

第十話　久しぶりの再会

デスタワーの温泉に入った後、屋敷に帰ってくると見知った女性がいた。

「レンさ～ん」

「レイティナ様!!」

「も～レンさん、様なんてやめてよね。さんでいいわよ」

レイティナ様だった。レイズエンドの王の娘で、今はテリアエリンの王女だ。

メイド服で抱き付いてくるレイティナ様。まだ、その趣味やめてなかったんだね。

服はメイド服なのに頭にはティアラが輝いていて、メイド王女って感じだ。

しかし、テリアエリンの王女様がこんなところに何の用だろうか？

「どうしたんですか、レイティナ様……」

「ちょっとエイハブ、あなたまで様付けするの？　やめてよね。ここはテリアエリンでもないし、結界のおかげで悪い人はいないんでしょ」

「わ、わかったよ」

レイティナ様は冷たい目でエイハブさんを睨み付けた。エイハブさんは、こういう女性には尻に敷かれてしまうタイプのようです。

「実はね。お父様がここに着くまで、レンさんを引き留めておいてほしいって言われたの。今回のことで恩義があるから、お礼がしたいんだって……ふふ、なんだろうね」

レイティナ様は僕の腕にしがみついて胸を押し付けてくる。

エルドレット様がお礼をしに来るのはさっき知ったけど、僕がどこかへ行ってしまうって見越していたのなら凄いな。そういうのは面倒だと思っちゃうし、できるだけ逃れたいからね。

「というわけで、お父様が着くまでお世話になります、というより、お世話させてください」

「お世話？」

レイティナ様はスカートを摘まんでお辞儀をした。僕のお世話ってどういうこと？

「わたくしはレン様のメイドでございます。何なりとお申し付けください」

「ええ⁉」

メイドとして働きたいってこと？　いくらなんでも王女様にそんなことをさせるのは気が引ける。

僕が答えに困っていると、そこへウィンディが割り込んだ。

「じゃあ、メイドとして私と一緒に狩りに行きましょ」

「えっ？　いや、今から屋敷の掃除をしようと」

「ささ、行きましょ」

「あ、ちょ、レンさ～ん」

ウィンディは有無を言わせない勢いでレイティナ様の手を引っ張り、屋敷を出ていってしまった。

大丈夫だろうか？　一応、ゴーレを出して追従させておこう。

しかし、ウィンディは変わったな～。僕の思考を先読みして、静かに気の利いた行動をするようになった。

「あなたは力を隠すのをやめたのね……」

ウィンディの走っていった先を見ていると、後ろから声が聞こえてきた。

振り向くと、どこかで見た記憶のある女性が不機嫌そうに立っている。

「……どなた様でしたっけ？」

「マリーよ！　あなたを召喚した凄腕《すごうで》の宮廷魔術師よ！　レイティナと一緒に来たの！」

あ～、マリーか～、すっかり顔を忘れていました。自分で凄腕って言ってる時点でダメだよなあ。

だけど、ここにいるってことは結界を通れたってことだ。あの時とは違って、改心したということなんだろうか？

「もういいわよ。せっかく謝りに来たのに」

「ええ!?　何かの間違いじゃないの？」

「なによ！　私が謝っちゃいけないって言うの？」

「いや～、そうじゃないけどさ」

マリーは頬を膨らませてそっぽを向いた。

第一印象が悪過ぎたから、何か企《たくら》みがあるんじゃないのかなって思ってしまう。

「……あなたを召喚してしまってごめんなさい。テリアエリンの前王の命令とはいえ、間違ったことをしたわ。あの時の私はどうかしてた。本当にごめんなさい」

マリーは地面に土下座して謝ってきた。あんなに偉そうだったマリーが、なんということだろうか。出会った当初の彼女からは想像もつかないよ。

「あなたがテリアエリンから脱走した後……私はレイティナにこっぴどく怒られたわ。最初は反発したけど、しばらくしてやっと、自分が過《あやま》ちを犯してしまったことに気付いたの。命令とはいえ、私はあなたを、あなたの暮らしていた世界から無理やり引き離してしまった。取り返しのつかないことよ。家族と離ればなれになる悲しみは、私も知っていたのに」

「……」

僕は無言でマリーの言葉を聞く。周りのみんなも、黙って彼女の話に耳を傾けていた。彼女にそんな過去があったのか。

マリーは瞳に涙を溜めて、僕をまっすぐ見つめた。

「最初は、召喚した時に少しでも優しくしていれば引き留められたかもとか、そんな安直なことを思っていたけれど、そもそも召喚したからってあなたが私のものになるわけじゃないものね。そこから既に間違いだった。私はそれに気付いてから、ずっと後悔していたの。本当にごめんなさい」

マリーの気持ちはわかった。

ルースティナ様のおかげで、僕の両親が今は悲しんでいないことを知っている。だから、僕にはもうマリーの言うようなつらさはないのだ。

彼女が今のような感じで最初から接してくれていれば、普通に仲良くなれていたかもしれないな。

「マリー」

「……」

僕はマリーに手を差し伸べた。

「今、僕はあなたをなんとも思っていません」

「……はい」

マリーを立たせ、僕は言葉を紡いでいく。

「あなたはただ召喚しただけと言えばそうだけど、言葉を変えれば僕を誘拐《ゆうかい》したも同然だ」

「……はい」

涙目の彼女に、僕は容赦《ようしゃ》なく言葉を続けた。

「僕はあのお城に召喚され、何も持っていないからってあなたに放り出された」

「……」

「だけどね、そんなことをされても、僕はあなたをなんとも思っていない。つまり、もう恨んではいないんだよ。なんでかわかる？」

「……呆れかえった、から？」

「違うよ。楽しいからさ」

僕の言葉が意外だったのか、彼女は首を傾げた。

「クリアクリス！」

「は〜い」

クリアクリスを呼んで肩車をし、マリーを連れて屋敷の外へ出た。

そこで従魔をみんな召喚して、ある指示を出した。僕の指示で四方へ走っていく従魔たちを見て、マリーは驚いた顔で固まっている。

やがて街中から、色んな人が集まってきた。

ダークエルフやエルフの皆さん、冒険者ギルドのライチさん、それに商人ギルドのニブリスさん、教会のルーラちゃんとナーナさん……みんな、従魔に頼んで呼んできてもらったのだ。

最近は従魔に色々手伝わせてることもあって、みんなも従魔たちに慣れてきた。

「この街は僕が作ったんだよ。ここにいる人たちもみんな、僕が巡り合えた人たち。こんな状況が楽しくないわけないじゃないか。……マリーのことをなんとも思っていないって言ったけど、ちょっと違うかもね。この世界に誘拐してくれてありがとう。あんな召喚はもうしてほしくないけど、今の僕は君に感謝しているよ」

「……ありがとうございます」

マリーは、目の前の光景を見て涙を流していた。

みんなみんな僕の街の住人、どんな種族でもこの街では平和に過ごせる。

「皆さん。僕がここにいられるのは、彼女が誘拐してくれたおかげなんです」

それを聞いて、みんなは何やらコソコソと話し合い始める。そして声を合わせてマリーに言った。

『コヒナタさんを誘拐してくれてありがと〜！』

不思議なお礼のしかたで何だか恥ずかしいけど、みんなが喜んでいるのなら、この世界に来てよかったと思う。

「ウィンディとレイティナ様は仲間外れになっちゃったね」

「まあ、急なことだったから」

隣にやってきたファラさんがそんなことを言ったけど、別に全員揃っている必要はないし、大丈夫でしょう。

「ピースピアか……ここなら私も平和に暮らせるかな」

「う～ん。マリーはレイティナ様と一緒にいないとダメだよ。あの人に恩があるなら、そばを離れちゃダメだ」

「……わかった。あなたがそうしろと言うのなら、私はそれに従うわ」

マリーはレイティナ様に任せたい。

マリーがこうして正直に謝ることができるようになったのは、レイティナ様のおかげだろうしね。

それに、恩返しがしたいって人がこれ以上増えると、僕も困るし。


「レンはこれからどうするの？」

マリーのことが一段落したところで、ファラさんが尋ねてきた。

「う～ん。旅をしてみたいと思ったけど、どうかなあ」

エヴルラードの件も終わったし、そろそろいいよね。

「お兄ちゃんが行くなら私も行く～」

「いいんじゃないか？　まあ、まずは小旅行くらいの気持ちで」

クリアクリスが大きく手を挙げた。ファラさんたちをはじめ、他のみんなも案外乗り気みたい。

「よ～し、そうと決まればウィンディが帰ってくる前に旅の準備だ」

「流石にかわいそうな気もするが」

苦笑するファラさん。

「いいんだよ。何なら、後から追いかけてきそうだし」

「レンレン～～」

「ほら、噂をすれば……」

「旅に行くってホントなの？　私も行くからね！」

レイティナ様を担《かつ》いだ状態でウィンディが帰ってきた。

狩りをしていたんじゃないのか……しかし地獄耳《じごくみみ》だね。あの距離で聞こえたのか。

「言ってなかったけど私ね、穢れに操られた時に、新しいスキルが手に入ったんだよ！」

ウィンディが凄いことを言い始めた。なんだって？

「【心眼《しんがん》】って言うんだけど、心が少し読めるんだよ！　だから、嘘とか通じないからね」

「なんてこった、口の軽いウィンディに心が読まれるって……」

「これは大変だね」

「あ～、ファラさんまで！　だから言わなかったのに～」

なるほど、最近のウィンディが妙に静かだったのは、心を読むのに夢中だったたからか。

なんという恐ろしいものを残していったんだ……ああ、いっそのことエヴルラードと一緒に、ウィンディも昇天したらよかったのに……。

「ちょっと、レンレン！　心を読めるって言ったでしょ。そんなこと思ってたなんて酷い～！」

「はっはっは、冗談だよ冗談」

「目が笑ってない～」

「心眼なんてなくてもわかる嘘だね……」

ウィンディをからかっていると、エレナさんにドン引きされてしまった。ごめんごめん。

「ウィンディで遊ぶのは程々にして、みんな旅行の準備をしようか。留守の間はワルキューレとボクスさん、それにリッチに任せようと思う」

そう言うと、その場にいたワルキューレとリッチは頷いて了承してくれた。

「ボクスさんには、私から伝えておきます」

「ありがとう。ワルキューレ」

ボクスさんはきっと気が乗らない反応をするだろうな。僕が街の長だ、みたいなことも言っていたくらいだし。

「レンレン酷い……静かにしてた時は優しく心配してくれたのに……」

「ぐっ、そんなことも読まれてたのか……」

ウィンディの心配はしないほうがいいみたいだな。ルースティナ様と話す時もそうだけど、そこまで心を読まれていると恥ずかしくてしょうがない。

さて、エルドレット様との話が済んだらすぐにでも旅に出られるよう、ぼちぼち準備していきますかね。

◇

翌日から少しずつ旅の準備をしながら、エルドレット様の到着を待つ。

本当は来訪を忘れていたことにして出発してしまおうかとも思ったんだけど、レイティナ様に強く止められてしまいました。

まあ、そのために来たと言ってたし、しょうがないね。彼女の面目を潰すようなことはしたくない。

「エルドレット様はいつ頃いらっしゃるんでしょうか？」

「魔法を多用して来られると聞いているわ、あと二、三日ほどじゃないかしら」

レイティナ様が丁寧に説明してくれる。

「魔法ってどんな？」

「五十人の魔法使いを使って転移魔法を発動して、街から街へ飛ぶんですって」

そんな大がかりな魔法があるのか。

「既にエリンレイズには到着しているはずだから、そこからは馬ね。……それで、レンさんはいったい何を?」

レイティナ様は、首を傾げながら僕の手元を見ている。

「えっ? 何って製作ですよ」

「その透明なものが?」

「そうそう」

僕は今、屋敷のリビングで、ルースティナ様からもらったスキルを試しているのです。森羅万《しんらばん》象《しょう》をコネられるスキルなんて凄すぎるよね。

「それは……一体何なの?」

「う～ん、この街以外では口外しないでほしいんですけど」

「大丈夫。お父様にも言わない!」

「それなら……えっと、これは空気そのものなんですよ」

「空気!?」

答えを聞いたレイティナ様は、驚愕《きょうがく》に顔をゆがめた。流石に予想外だったみたい。

「空気って、この空気?」

レイティナ様は、両手で何かを抱えるようなジェスチャーをしながら聞いてくる。

「そうですね」

「レンさんは本当に凄い人ね……それでそれは、製作した結果どういうものになるの？」

「世界樹の雫と合わせて、水鉄砲を作ろうかな～って思ってて」

「せ、世界樹の雫……」

雫という単語もレイティナ様にとっては非日常なんだったね。驚きの連発に、言葉を失くしている。鉄砲っていう単語も、もしかしたら聞き馴染みがないのかも。

圧縮したこの空気と雫を筒に詰めて、雫を飛ばすという武器だけど、誰も躱せないほどの弾速になる予定です。

これで、ウィンディの時みたいに仲間が操られても、確実に雫で対処できそうだ。

「空気圧を使って、弓みたいに遠くへ雫を発射するんです。毎回、ワルキューレに頼んで雫を飛ばしてもらってもいいんだけど、大がかりだし、着弾まで時間もかかりますからね」

「そうなんだ……」

レイティナ様は考えるのを放棄した様子で、ふらふらと屋敷から出ていった。あんまり考えすぎないようにしたほうがいいと思う。

エイハブさんたちなんかも、考えるのをやめてどっしりしてるしね。それに、僕でも自分のスキルの異常さに驚いているくらいだからね。

「しかし、この〝最上の空気〟って何だろうね……」

何のことかと言うと、水鉄砲作りにあたって試行錯誤していたら出てきた空気の素材の名前です。

これ以上ない空気、清らかな空気ってことなのかな。採取の王も神になっているので、採取物も変わってるんだよね。やっぱり僕、完全に人間やめています。


「お兄ちゃん！　なあにそれ、新しい武器？」

「そうだよー、水鉄砲っていうんだ」

一つ試作品ができると、クリアクリスが両親と共に屋敷にやってきた。

両親と暮らすようになってから、彼女はさらに元気になった。

たまにグリードさんたちと庭や街の外で訓練しているんだけど、まだまだ圧倒的にクリアクリスが強くて、僕はいつもニンマリしています。

「クリアクリスの装備もそうですが、コヒナタ様の作る装備は次元が違いますね」

「ほんとに……まるで天使の装備のようですね」

ギクッ！　グリードさんとビスチャさんが水鉄砲を見て、確信めいた呟きを発していた。

天使か……鋭いなこの二人。

「森羅万象を操ることができるのは、天使の得意技ですからね」

「何でそんなことを知っているんですか？」

「遥か昔に行われたという、魔族と天使の戦争の伝承があるんです。透明の武器を用いてきた天使に、魔族は負けたと伝えられているんですよ」

へ～……それは凄い話だな～。

透明な剣とか槍を使って、過去の天使たちも戦ったってことなのか。

「その武器はマナをも両断して、圧倒的な強さを見せつけたそうです」

「魔族はかつては人口が四桁もあったそうですが、その戦争でほんのわずかになってしまったと言われています」

天使、容赦ないな。そこまで皆殺しにしなくても、他に方法はあったんじゃないかな……。

「お兄ちゃん。その、みずでっぽうってやつ、試してみていい？」

「あ、そうだね。ウィンディにでも撃ってみてよ」

ウィンディは人の心をある程度読めるというから、この水鉄砲も避けようとするだろう。もしそれでも当てられれば、かなりの性能だ。人を回復して魔の者を滅する水鉄砲。どんな出来だろうか。

「じゃ、行ってきまーす」

「我々も見てきますね」

「ウィンディさんが心配だから」

グリード夫妻も、クリアクリスと共に屋敷から出ていった。二人は心配だと言っていたけど、顔が笑っていた。

ウィンディは避けようのない水鉄砲に撃たれたら、どんな顔をするだろうか。想像するだけでも面白い。

そんなことを考えてほくそ笑んでいると、外から「きゃ～！　レンレン許さないから～～！」という声が聞こえてきた。

心を読まれて、僕が指示したのがバレたみたいだな。改めて、穢れはやばいものを残していったと確信したぞ。

第十一話　くっつくべき二人

「よ～し、みんな水鉄砲は行き渡ったかな～？」

『は～い』

「では……スタート！」

街のみんなで、攻め手と守り手に分かれて訓練をしています。訓練といっても遊びみたいなもので、水鉄砲の試射会といった感じ。

街の外壁の外と中とで、それぞれ攻め手と守り手に分かれていて、三回当たったら退場。そんなルールで戦ってもらいます。

雫に当たると色が変わる特製の鎧を作ったので、色で何回当たったか判断できるようになっている。無傷なら白で、被弾する度に黄色、青、赤に変化する。

退場になった人は敵側の門の詰所に入れられるんだけど、その詰所の守衛役を倒すと解放できるというルール。復活させる辺りは、いわゆるドロケイに似たルールだね。簡単には負けないようになっている。

門の守りは城壁上の人が五人やられると開くようになっている。そこからは敵味方入り混じって乱戦だ。

この訓練の良いところは、水鉄砲が雫だから体力回復も同時にできて、危なくないことだね。最高に楽しい訓練である。

「レンレンは交ざらないの？」

「ううん。僕はもしもの時のための監視員だから」

僕は城壁上の見張り台で見物していた。もしかしたら怪我する人がいるかもしれないからね。城壁の上で戦ってて、うっかり落ちちゃうとかさ。

「ちぇ～、レンレンにも当てたかったのに」

僕が参加しないと知って、ウィンディがつまらなそうに水鉄砲を壁に撃ちつけている。そんなに僕に仕返ししたかったのか。

「ううん、せっかくだからレンレンと遊びたかっただけだよ」

「はいはい、無断で心を読まない……と言いつつ!!」

不意打ちで水鉄砲を出してウィンディに一発。

「わ～、ちょっと！　心は読めてるのになんで～」

ふっふっふ、ずっとファラさんのことを考えていれば読まれても問題はないのだよ。

「ファラさんファラさんうるさい～」

「はっはっは、避けられるのならば避けてみるがいい！」

色んなアニメや漫画を見ている僕に、心眼など効かんのだ。ずっと別のことを心で呟いて、油断させてから動けばいいのだよ。

「あ～！　防御するなんてずるい！」

大盾をアイテムボックスから取り出して、ウィンディの反撃を防ぐ。水鉄砲の威力は相当なものなんだけど、僕のステータスを超えるほどではないのでなんとか受け止められているのだ。

「私がどうしたって？」

「!?」

一方的にウィンディに水鉄砲をぶっかけていると、突然ファラさんが階段から顔を出した。

「ふふふ～。レンレンがね～、ファラさんのことを～モゴモゴ」

「わ～!!　ははは、いい天気だねファラさん」

ウィンディが変なことを言いそうになったので急いで口を塞いだ。

「はは、二人は本当に仲がいいな。まるで兄妹みたいだ」

何故か、ファラさんは悲しそうな表情で空を眺める。僕はウィンディと遊ぶ手を止めて、ファラさんに尋ねる。

「ファラさんはみんなと遊ばないの？」

「少しだけやっていたんだけど、レンがいなかったから切り上げてきたんだ。それに……」

ファラさんは途中で言葉を切り、城壁の下を見やった。

「まて～」

「クリアクリス！　ここは通さんぞ！」

「あなた、頑張って」

そこではクリアクリスが、ご両親と水鉄砲の撃ち合いをしているところだった。

無傷のクリアクリスに対して、グリードさんたちは鎧が青色になっている。あと一回でアウトだね。

「……家族を思い出してしまったしね」

ファラさんはクリアクリスたちを見て、つらい過去を思い出してしまったみたい。憂《うれ》いを帯《お》びた瞳《ひとみ》が色っぽく見えて、僕は目を逸らす。

「レンレン。今ならファラさんのガードはがら空きだよ」

「ちょ、そんな人の弱みに付け込むようなことできないよ」

ウィンディが肘《ひじ》でつつきながら悪魔の囁きをしてきた。

僕はそんな卑怯《ひきょう》なことはできないよ。こういうことは真正面から行くものだと思うからね。

まあ、そんなことばかり思って手を出せない僕だから、元の世界で彼女の一人もできなかったわけだけどね。……自分で言っていて悲しくなるな。

「よし、ここは私が」

「ちょっとウィンディ！」

トラブルメーカーのくせにキューピッドを演じるつもりなのか。僕が止めるのも構わず、ウィンディは笑顔でファラさんに近付いていく。

「ファラさんは家族が欲しいんだね」

「……そうかもしれないな。クリアクリスのような子供を間に挟んで、夫と手を繋いで歩く。そんな日常を送りたいと思う時があるよ」

ファラさんは高貴な生まれながら、お家を潰されて家族を亡くした過去がある。まさに波乱万丈《はらんばんじょう》な人生だ。それでも冒険者になって、この世界でレベル50以上にまで上り詰めたんだもんな。改めてファラさんは凄い人だなって思うよ。

「じゃあ～、そのお相手としてレンレンはどう？」

「えっ」

きゃ～、すっごいストレート。ウィンディってどこまでおバカさんなんだ。

「そりゃ……レンは凄い人でみんなの憧れの人だよ。でも、私じゃ釣り合わないとも思う……それにレンの気持ちだってあるだろう？」

「え〜、そんなことないよ。レンレンはファラさんのこと初めて会った時から気にしていたんだよ。私にはわかるもん。相思相愛《そうしそうあい》だったんだよ」

ウィンディの最後のほうの言葉は聞こえなかったけど、どうやら僕のことをおすすめしているみたい。何を企んでいるんだ。

そんなことを考えていると、ウィンディと目が合った。首を縦に振って、心配するなと言っているような感じだが、信用できないぞ。

「ファラさんとレンレンは一緒になるべきだよ」

「……ウィンディ、何を考えているの？」

ファラさんも流石におかしいと思ってウィンディを問いただす。

「ううん、何も〜。ただ、レンレンは奥手だから一番脈のある人とくっつかせて、レンレンの牙《が》城《じょう》を崩そうとしてるだけ。そして、ゆくゆくは私もレンレンのハーレムに加わっちゃったりして……むふふ」

「「……」」

聞いてもいないのにウィンディが妄想《もうそう》を語る。

よかった、いつも通りのウィンディだったね。僕とファラさんはだいぶ引いてるけど。

「でもでも、ファラさんが一番レンレンに相応《ふさわ》しいし、一番脈ありなのは本当だよ。だから〜……あとは二人だけでちゃんと話し合ってね。よい報告を期待してるよ〜」

「あっ！　ウィンディ!!」

ウィンディはみんなの訓練に交じると言って、地上へ飛び降りていってしまった。

「ホントなの？」

「えっ」

「私が一番脈があるって……」

「……」

頬を赤く染めたファラさんが、胸の前で両手を握り迫ってきた。その顔はとても真剣で、こっちも緊張してしまう。そりゃデートもしてもらったし、僕も脈があるかも、というのは感じていたよ。

今度は僕から誘おうとも思っていたしね。ただ、こんなに急じゃ心の準備ができてないよ……。

◇

城壁上に作った高見台の塔で僕はファラさんと向かい合っています。

ウィンディがとんでもない爆弾を置いていっちゃって、どうしようという感じ。

「とりあえず、落ち着いてください」

「はい……」

間が持たないので、僕はアイテムボックスから椅子を二脚取り出して、ファラさんに座るように促す。

しおらしくしている彼女は、いつもよりさらに綺麗に見える。

「レン……？」

「あ、ははは。今日もいい天気だね」

「ふふ、それはさっき聞いたよ」

「あ、そうだったね。ははは……」

無難な話としては天気の話が一番いいんです、でも思わず同じことを言ってしまった。

「そんなに緊張しないでよ、レン。私まで緊張しちゃう」

ファラさんは笑顔でそう言ってきた。

「レン、私はなんでテリアエリンを出たか知ってる？」

「え、何でしたっけ……確かエリンレイズで仕事があった、って」

「ううん」

ファラさんの質問に答えると、彼女はすぐに首を横に振った。

「レンと離れたくなかったから、無理やりついていったんだよ」

「えっ……」

エリンレイズで初心者冒険者を助けていたから、てっきり本当に仕事があるんだと思っていたんだけど、あれはギルドの受付係としての仕事じゃなくて、ただ協力していただけだったのか。

「そもそも……初心者と受付係が一緒にクエストに挑《いど》むことなんて、普通はないしね」

「ええ⁉」

テリアエリンにいた頃、ウィンディを助けることになったゴブリン狩りのクエスト。

それにファラさんが有無を言わせず同行したことがあったけど、あれすらも私的な目的だったっていうんですか。

「レンって本当に鈍感だね……」

ファラさんは苦笑している。またしても鈍感と言われてしまった。

「初めて出会った時、レンが私の受付を選んだ時。私の胸は弾んだんだ。長いこと、そんな気持ちは捨てていたのに」

照れ臭そうに頬を掻いて、話すファラさん。冒険者登録のためにギルドを訪れ、ファラさんを初めて見た時の話だ。僕は一番好みの女性の受付に向かったんだよね。

「あなたは困っている人の依頼を優先してた。他の人はお金になる依頼しか受けていなかったのに」

「それは僕のいた世界は平和だったからで」

「それでもお金の概念くらいはあったでしょ。こっちの世界の貨幣の価値を知ってからも、率先《そっせん》して困っている人を助けていたじゃない。みんな感謝してたんだよ」

ファラさんがすっごい笑顔で褒めてきました。何だか恥ずかしい。

「レイティナ様がレンにアピールしているのを見た時には、私も対抗心が湧いたんだ。何だかごめんね」

謝られても、なんといえばいいのかわからない。逆に、何だかありがとうございますとお礼を言ってしまいそうになる。

「レンが街を離れると知った時、居ても立ってもいられなくて、急いでテリアエリンのギルドを辞めたの。元々、冒険者をしていたからマスターも納得してくれた。あと、レンってモテモテだったから、シールさんもついていこうか悩んでいたくらいだよ」

「そうだったんですか……」

あの脱走の日、ファラさんは安定した職業を捨ててまでついてきてくれたんだね。

それに、あの馬をくれたシールさんも来ていたかもしれないのか。エレナさんとかもそうだけど、この世界の女性はアクティブだな～。

「もちろん、ウィンディとエレナにも感化されたんだよ。あの二人ほどダイレクトに、私は自分の気持ちを伝えられないから……」

「それは、つまり……ファラさんも僕が好きってこと……？」

僕は満を持してファラさんへ聞いてみた。ファラさんは恥ずかしそうに頷く。

そのまま顔を俯けている彼女を見て、僕はいたたまれなさすら感じた。

こんな美しい人が愛を伝えてくれている。恥ずかしいけど、たまらなく嬉しい思いだった。

「僕もファラさんが好きです。強くて、凛々しいファラさんは僕にないものを持っていて、いつも僕はあなたに目を奪われていました」

ファラさんは僕から目が離せないようで、まっすぐにこちらを見ている。

「女性に先に告白させて、男としてはどうかと思うけど……僕と付き合ってください」

「……はい！」

僕の告白に、涙目でファラさんは答えてくれた。何だか僕も嬉しくて涙が出てくる。

「ファラさん、これをあなたに」

「これは？」

「まだ結婚ってわけじゃないけど、僕の気持ちみたいなもの」

僕は透明な指輪を渡した。

鍛冶の神のスキルで、いくつか装飾品を作ってみたんだよね。元々、女性陣に日頃の感謝を込めて、プレゼントしようと思っていて、そのうちのファラさんの分だ。

まさか、告白に使うとは思わなかったけどね。

「凄く透明で、中に青い線が螺旋《らせん》を描いてる……綺麗ね」

「僕のスキルで空気を加工して作ったんだけど、中に雫も入ってるんだ。だから、ＨＰ回復の効果も付いてるよ」

水鉄砲を作るちょっと前、空気をコネコネできるとわかった時に思いついたんだよね。雫の回復力を宿す装飾品。これも最強の類《たぐい》の装飾品だね。

「こんな稀少なものを、いいの？」

「もちろん。もらってくれるかな？」

「……はい」

ファラさんは申し訳なさそうにしていた。これがウィンディだったら躊躇《ちゅうちょ》なくもらっていたんだろうな。ファラさんもそれくらいでいいのに。

「じゃあ、レン……付けてほしいな」

ファラさんは左手を僕の前に出して、頬を赤く染めていた。

僕はゆっくりとファラさんの左手薬指に指輪をはめる。

その時、空に大きな水の花火が咲いた。

「わあ……ワルキューレかな？」

「いや、多分ウィンディの仕業だね。まったく……でも、今回は褒めてあげてもいいかな」

彼女なりのお祝いのつもりなんだろう。

僕はファラさんの左手を強く握って、次々に上がる水の花火を一緒に見上げた。

「綺麗」

「ファラさんもね」

素直にファラさんを褒めると、彼女は顔を赤くして俯いちゃった。いつものファラさんとは雰囲

気が違って、とても可愛かった。

今回ばかりはウィンディに感謝かな。

◇

「あ～、平和だな～」

「ふふ、そうね」

数日後。僕はファラさんとのんびりとテラスでくつろいでいた。

あの後、ファラさんとは夫婦のような仲になりました。

それから平和に暮らしたとさ、めでたしめでたし。

「な～！　終わってないでしょ～。お膳立《ぜんだ》てしてあげたんだから、私にも何かないの～？」

これはこれは、心眼を持っているウィンディさんじゃないですか。

「これはこれはじゃない！　タイミング合わせて水の花火まで上げてあげた私の苦労はなんだったの！」

「二人とも、心で会話しないでよ」

何だか一方通行の念話みたいになってしまって、置いてきぼりを食らったファラさんが呆れている。

「わかったよ……何かって具体的に何？」

僕が折れてウィンディに尋ねる。

「え～、女の子にそんなこと聞かないでよ～。恥ずかしいじゃん」

身体をくねらせて、顔を赤くしているウィンディ。

はいはい。可愛い可愛い。

「レンレンの冷たい褒め言葉もいいけど、それは冷たすぎだよ～。冷たさが北国を超えてるよ～。クリアクリス～、私を温めて～」

「はーい。よしよし～」

「温かいのはクリアクリスだけだよ～」

ウィンディはクリアクリスの胸に顔をスリスリさせている。

[鋼の鉄槌]の人たちもあったかいでしょ、とまたまた心でウィンディへと投げかける。

ワルキューレと一緒で、慣れると喋るよりも楽でいいね。

「……そんなに冷たくしていいのかな、レンレン？　私は心が読めるんだよ。にっしっし」

不気味な笑みを浮かべるウィンディ。

何を考えているんだお前は……。

「じゃあ質問です。レンレンは初めて私と会った時、なんと思った？」

人差し指を立てて、ウィンディがそんな質問をしてきた。

どんな企《くわだ》てなんだ？　ウィンディと初めて会ったのは、彼女がオーガもどきに犯されそうになった時だよな。あの頃はこんなにやんちゃだとは知らなかった。

確か、緑の髪が印象的で可愛いなって思ったんだよな～……はっ!?

「くっくっく、かかったね～」

やられた、質問されたらついつい考えてしまう。これが目的だったのか。

「ファラさん、レンレンとは別れたほうがいいよ？　私のこと可愛いだってさ～」

ウィンディがグフフと悪い顔で笑いながら、ファラさんへ近寄って呟く。

「ん？　ウィンディが可愛いのはその通りじゃないか。それがどうしたんだ？」

「えっ、いやだって、ファラさんから見たら不倫じゃないのかなって……」

予想外の反応を食らったウィンディは、しどろもどろになっている。

「何を言ってるんだ。これだけ多くの女性に好かれているレンが、私だけしか妻を取らないなんて思ってないぞ」

「「……え？」」

ファラさんは貴族出身だ。愛人や一夫多妻《いっぷたさい》にも寛容なのか？

僕としては全然馴染《なじ》みがないから困惑してしまうけど、彼女は平然としていた。

「正直、私もレンを独り占めしたいと思ってる。だけど、みんながどれだけレンを好きかもよくわかってる。このことが原因で誰かが欠けてしまうのは嫌だし、それじゃ私たちじゃなくなってしまう気がする。だから、ウィンディもレンの妻になりたいって言うなら、私は止めないよ」

「ファラさ～ん！」

ファラさんの言葉に感銘《かんめい》を受けたのか、ウィンディがファラさんに抱き付いた。

とても感動的な場面だね。色々、これでいいのかと思うけど。

「じゃあ！　第二夫人は私だね！」

「えっ、それはどうだろう」

ほら、実際にどうするかは時間をかけて考えないといけないしさ。

「レンレン～……」

「第二夫人はエレナだろう。エルフの国にも鍛冶技術を提供しようと頑張っているし」

ファラさんがそんな主張をしてきた。

「え～、私だって［鋼の鉄槌］のサポートしてるじゃん！　この街にギルドができてからは、そっちの依頼も受けてるし」

ウィンディも頑張っているけど、エレナさんほどじゃないんだよね。

エレナさんは、エヴルガルドが落ち着いてからも、実は何度か向こうに行っているんだ。

あんまり目立ちたくないらしく、朝早くに一緒に転移してデスタワーから見送ったりしていた。

帰ってくるのは翌日だったり、数日後だったり。デスタワーに帰ってくるといつも疲れているから、温泉で癒されてくるみたい。

ファラさんにプロポーズしたことを話すと、エレナさんは少しがっかりしていたけど、ファラさんと何やら内緒話をして、すぐ元気になってた。

多分、今回のウィンディと同じような話だと思う。その後で見送る時にエレナさんにハグをされて、ドキッとしたからね。

「ギルドはいいとしても、［鋼の鉄槌］からの信頼が厚過ぎるのはあんまり良くないぞ。甘やかしてしまうと本人たちが育たないからな。それはわかってる？」

ファラさんの言う通り、［鋼の鉄槌］の人たちはウィンディの実力に頼っている。それだけでは、彼らの能力が伸びない可能性があるんだよね。

「うう、でもそれは私のせいじゃ……」

「そうだけど、例えば手を出さなくていい場面でも、率先して敵を倒しちゃっていたりしない？」

「ぐ、確かに……じゃあどうすればいいの？」

「付き添って敵を倒すだけじゃなくて、私みたいに訓練場で相手をしたり、助言をしてあげたりすればいいんだよ。一緒に依頼を受けてしまったら、どうしても頼られてしまうだろう？」

「……」

ファラさんは暇な時間があれば、冒険者ギルド内にある訓練場に行って指導しているらしい。

強くて綺麗なファラさんはギルド内にもファンが多いんだけど、今は僕の恋人になったので身を引いてくれています。少しだけその人たちから視線を感じるけどね。

「わかったよ。今度から指導もしてみるよ」

少し考えて、ウィンディも納得したようだ。

「私もする～」

「クリアクリスはしなくて大丈夫だよ。施設が壊れちゃうから」

「む～、私だって大丈夫だもん。手加減できるもん」

ウィンディに小馬鹿にされて、頬を膨らませているクリアクリス。

彼女も、少しでも僕らのためになることをしたがるんだよね。気持ちは嬉しいんだけど、せっかく再会できたご両親を心配させないようにしないとね。

「あんまりあっちこっちに飛び回ってると、お父さんお母さんが寂しがるよ？」

「う～でも～」

「まだまだ子供なんだから、両親を悲しませちゃダメだよ」

「……子供じゃないもん」

クリアクリスの頬が尋常じゃないほど膨らんでいく。リスみたいだな……と思った瞬間。

「子供じゃないもん！　お兄ちゃんのバカ～！」

「ええ!?」

クリアクリスが怒って外へと飛び出していった。

「あ～あ、レンレンが怒らせた～」

「……クリアクリスが反抗期？」

「いや、今のはレンも悪いよ」

ぽかんとしていると、ファラさんに怒られてしまった。

さっきまで言われてばかりだったから、ウィンディがすっごい笑顔で指差してくる。

うーん、子供って言っちゃったのがまずかったか。

でも本当のことだしさ、ご両親だってかわいそうじゃないか。やっと再会できた子供と少しでも近くにいたいって思うよね、普通。

「コヒナタ様、私たちの心配は不要ですよ」

「そうです。今までと変わらずに、クリアクリスを可愛がってやってください」

そこへ、テラスにシュタッと舞い降りてきたグリードさんとビスチャさん。

忍者にでもなったのかな？

二人ともにっこり笑って、自分たちは大丈夫だと言ってきています。

「そして願わくは、クリアクリスが大きくなったらコヒナタ様の妻に」

「ぜひ」

いやいや、ビスチャさん。ぜひじゃありませんよ、あなた。娘の嫁《とつ》ぎ先をこんな簡単に決めちゃダメでしょ！　ちゃんとクリアクリスの意志を聞いてあげてください。

「まあ、それは後々でいいでしょう。とにかく、クリアクリスはあなたの役に立ちたいんです。本人のやりたいことをやらせてあげてください」

「でもあなた、確かに訓練に参加するのはよしたほうがいいと思うわよ？　クリアクリスの抱き付きは、普通の人間じゃ骨を折ってしまいそう」

「……」

ビスチャさんの言う通り、訓練場は危ないよね。僕の目の前での負傷ならすぐ治せるけど、見えないところだと気付かないし、死んでしまったら治せない。

「じゃあクリアクリスはどうする、欲求不満にするのもよくないじゃないか」

「そうね……」

「……ねえねえ、お話し中悪いんだけど、何だか変な雲が流れてきてるよ」

「えっ？」

クリアクリスのことで悩んでいると、不意にウィンディが空を指差した。

その方向からは、真っ黒な雲が流れてきており、ワルキューレの結界の外で止まる。

明らかに普通より低い雲で、人為的に作られたものだと窺える。

『我は魔族の王ジャガー。誰よりも強いという人族に会いに来てやったぞ』

何やら外から大きな声が聞こえてきた。めんどくさいのが来たようです。

第十二話　奇妙な来客

『出てこい！　最強の人族、コヒナタとやら』

街のみんなで声のするほう、外壁からほど近い結界の境目に向かう。

「はいはい、僕がコヒナタレンだよ」

「何！　お前が……普通の人間だな」

僕の姿を見て驚いたのは、長い角の生えたおじさんだった。暴走した時のグリードさんたちと同じように角が背中まで伸びていて、グルグル巻きになっている。羊の角みたいだな。

間違いなく魔族だ。もしかして彼も、角のせいで理性を失っている人なのかな。

「改めて名乗るぞ。我は魔族の王ジャガー。コヒナタレン！　お前に決闘を申し込む」

結界に入れないジャガーは、ちょっと離れたところから叫んできた。

「お兄ちゃんは忙しいの！　私がやる～」

「こらこら、クリアクリス。そんな危ないことさせられないよ」

「ぶ～、また子供扱い！　お兄ちゃんの装備付けてるから大丈夫だもん」

クリアクリスは確かに最強クラスに強いけど、命の取り合いみたいなことはあんまりしてほしくないんだよね。それに魔族同士だし。

「魔族の子供もいるのだな。噂通り、仲良しごっこの国ということか」

ジャガーの言葉を聞いて、エイハブさんとルーファスさんが憤《いきどお》る。

「あっ？　ごっこだと？」

「もう一遍、言ってみな」

顔が怖いよ二人とも。でもジャガーは動じる様子もない。

「何度でも言ってやろう。種族間の争いがそんな簡単になくなるわけがない。共に生きられない以上、支配するか、滅ぼすしかないのだ」

何だか理性を失ったグリードさんたちみたいなことを言ってる。

もしかして、ワールド・ウォータースプラッシュで、各地の魔族たちもこういう風に回復し過ぎちゃったのかな？　だとしたら、結構大変なことになりそうだ。

「――では、私が代わりに決闘を受けよう」

「誰だ！」

声のしたほうを見ると、白馬に乗って近付いてくるお髭《ひげ》のおじさんがいた。

よく見ると、王冠《おうかん》を被っている。まさか……。

「パパ！」

まさかと思っていたら、レイティナ様がおじさんのことをパパと言っています。

ということはやっぱり、エルドレット様？

「ほう、お前は人間の王か？　明らかに威厳を感じるぞ。あの男よりも」

すいませんね、威厳がなくて。

「威厳なくして王にはなれないからな」

何気にエルドレット様の言葉も心に突き刺さります。いいんだ、僕はどうせ上に立つ人には向いてないから……。

エルドレット様は馬から降りて、ジャガーに向かって剣を構える。

「なかなかできるようだな」

「ふっ、人族を侮《あなど》るなよ」

緊張で辺りの雰囲気がピリッとしてきました。

「あっ、王様！　殺しちゃダメです、角を狙ってください。魔族の人たちは、角が伸び過ぎると狂暴化するみたいなので」

「何？」

「貴様、なぜ角のことを……」

エルドレット様とジャガーが、一瞬気を抜いてこちらを見た、その時。

「隙あり〜！」

「ああ、クリアクリス！」

隙と見たクリアクリスが高速で二人へと突進してしまった。

「ごあ～!!」

クリアクリスの頭がジャガーの顎を捉えて吹っ飛ばす。

さらにジャガーの身体が、エルドレット様を直撃。二人とも凄い勢いで地面に叩きつけられてしまった。

ピクピクしているお二人、見事に意識を手放したようです。

あまりに呆気ない終わり方に、後ろで見ていたみんなはドン引き。

ジャガーはともかく、エルドレット様まで気絶させてしまった。大丈夫かな……。

「あー……リッチはエルドレット様を屋敷に運んでおいて。僕はジャガーの角を加工しておくから」

「わかった」

とりあえず、ジャガーの角を加工していく。衰弱しない程度に、短くコネコネ。

角をコネていると、変な声をあげるジャガー。気持ち悪いな～……。

「あうう……」

「せっかくだから、魔鉱石で作ってみようかな」

グリードさんたちと同様にハイミスリルで作ろうと思ったんだけど、今は彼らに作ってもらった魔鉱石がいっぱいあるので、魔鉱石にしようと思います。

実は魔鉱石にも、ハイミスリルのようにスキルを付与できる。これは商人ギルドに卸す鎧を作った時にわかったことだ。

商人ギルドに卸した防具には、防御力アップ系の【頑強《がんきょう》】というスキルを付けている。攻撃力アップ系を付けてもいいんだけど、強いからって危険察知を怠《おこた》っちゃう可能性がある。そのほうが危ないと思うんだよね。

魔鉱石の武器や鎧は黒くて、斜めに緑の線がいくつか入っている。結構、カッコいい。

性能はこんな感じ。

【魔鉱石のロングソード】ＳＴＲ＋４００　ＤＥＸ＋２００　ＡＧＩ＋１５０
【魔鉱石の槍】ＳＴＲ＋４００　ＤＥＸ＋３００　ＡＧＩ＋１５０
【魔鉱石の盾】ＳＴＲ＋50　ＤＥＸ＋１００　ＡＧＩ＋50　ＶＩＴ＋２００
【魔鉱石の兜】ＳＴＲ＋50　ＤＥＸ＋50　ＡＧＩ＋50　ＶＩＴ＋２００
【魔鉱石の鎧】ＳＴＲ＋１００　ＤＥＸ＋１００　ＡＧＩ＋１００　ＶＩＴ＋５００

これだけで充分強いんだけど、ここからさらに世界樹の枝の力で、聖なる波動のダメージが入る。ホントに過剰《かじょう》な戦力だな～。

「コネコネ～」

「あううう〜……」

コネコネと角の加工を続ける。長かったから時間がかかるね。

ジャガーは何が気持ちいいのか、延々と変な声を上げていた。

「レンレンにコネられて幸せ者だな〜。いいな〜」

「ウィンディもコネてあげようか？」

「ええ〜、ウィンディ困っちゃう」

「はいはい」

一体どこをコネるんだって話だけど、どこをコネても彼女の悪癖《あくへき》は治せないだろうな。


「おいおい、ジャガーがやられているぞ」

「ははは、まさか人間たちにやられたとはな」

ジャガーの角を加工し終えて、街に戻ろうと思ったら、空から新たに二人の魔族が降りてきた。

二人は角だけでなく、背中に羽が生えていた。

「ジャガーは元農夫だからな」

「だが！　俺たちは違うぞ」

槍と大斧を持っている二人は、そう言って武器を構えた。

もしかして、魔族の王というのは自称だったのかな。

「お兄ちゃん！　私がやっていい？」

「あ～……」

「じゃあ、私とやろうか？　大斧の奴は私が、槍を持った奴はクリアクリスね」

「やった～。ファラお姉ちゃんとだ～」

戦いたそうにしているクリアクリスに、ファラさんが一緒に戦おうと提案した。

嬉しそうなクリアクリス。やっぱり戦うのが好きなのかな～。

「一人と言わず、全員でかかってきてもいいんだぞ」

「え～、おじちゃんたち、弱そうだから大丈夫だよ～」

「おいおい、ガキに言われてるぞ、ガゼル」

「ハイビン、お前は油断するなよ。そっちの女はレベルが高そうだ」

少し距離を取ってそれぞれが対峙《たいじ》する。

大斧を持っている大柄な魔族がハイビン、槍を持っている細身の魔族がガゼルというらしい。

どちらもなかなかレベルは高そうだけど、僕の装備を超えられるとは思えないのでポケーっと見ているこ とにします。どうせ一瞬で終わっちゃうんでしょ。

「行くぞ！」

ガゼルが叫び、飛翔《ひしょう》して槍をクリアクリスに突き出した。

「お父さんくらい遅いね」

「何！」

槍は地面に突き刺さる。クリアクリスが槍を蹴り落としたのだ。あまりに早過ぎるかかと落としでした。

「次は私の番だよ～」

クリアクリスは笑顔でアダマンタイトの短剣を取り出した。

アダマンタイトの短剣にクリアクリスのマナが流れていって、短剣を覆うような三メートルほどの青い大剣を作り出した。凄いな、マナで剣を形作ったみたい。

……あれ？　あんなのが当たったら、あの人死んじゃうんじゃゃない？

「なんなんだ！　このガキは！」

「ガキじゃないよ、クリアクリスだよ」

驚愕しているガゼルを巻き込みながら、青き大剣が大地に振り下ろされ、地面を陥没させる。

もはや斬るというより潰すといった勢い。

「死んじゃわないように刃は潰したから大丈夫だよ」

クリアクリスはそう言って自慢げにする。そこまで考えていたのか。流石、うちのクリアクリスだ。

「あら、あちらはもう終わったみたいだね」

「ちぃ、ガゼルの奴、偉そうにしていたくせに、あんなガキに速攻でやられやがって」

もう一人の魔族、ハイビンは呻く。クリアクリスの大きな青い剣に潰されているガゼルを睨んで、苦い顔をしていた。どうせあなたもすぐに気絶するから大丈夫だよ。

「では始めようか」

ファラさんがそう言って大剣を構える。ハイビンも「くそっ」と言いながら剣を構えた。

「【ウィンドショット】」

ハイビンは魔法で風の弾を放ち、同時にファラさんへと近付いていく。

羽も使って器用に加速しています、言うだけはあるね。

「甘い！」

一方のファラさんは、風の弾を大剣で弾き、その勢いのままハイビンへ斬りかかった。

ハイビンは剣を受け止めたが、吹き飛ばされていく。

「私の斧が……」

ハイビンの大斧は欠けてしまっていた。

「手加減したんだけどね。やっぱり、レンの作った武器は凄いものだな」

ファラさんは武器を眺めてから、僕を見て艶《つや》やかに言う。やっぱり、戦っているファラさんはいつもよりも綺麗に見えるな～。

「手加減だと！　なめやがって」

ハイビンがファラさんの言葉に憤り、槍をブンブン回し始めた。

「本気出してやるよ！　【ウィンドストーム】」

今度は魔法で竜巻を発生させ、それに乗って上昇していく。魔族なだけあって盛大に魔法を使ってるね。

「高高度からの攻撃を受けてみろ！」

上空から超高速で降下してくるハイビン。対してファラさんはいつも通り剣を構えている。

「余裕でいられるのも今のうちだ！　【ウィンドショット】」

斧を構えて降下しながら、ハイビンはさらに魔法を放った。

確かに普通の人ならやられるかもしれないけど、ファラさんは強いぞ。

「はっ！　はぁっ！」

自分に当たる風の弾だけを弾いて、ハイビンの魔法を退《しりぞ》けたファラさん。だけど、その先にはハイビンの斧が迫っている。

「これでおしまいだ！」

「それはどうかな。【シールド】」

「何！」

魔法で片手から透明な盾を作り出すファラさん。

ファラさんはこの街でただ生活していたわけじゃない。

ボクスさんに魔法を教わったりもしていたんだ。魔族だけが魔法を使えるわけじゃないんだよね～。

「それで防げるわけが……ぐあっ！」

降下してきたハイビンがファラさんの作った魔法の盾に衝突して、弾き飛ばされた。

地面に倒れたハイビンは起き上がろうとする。まだ抵抗するならお仕置きが必要だね。

「俺たちを退けても無駄だ。すぐに第二第三の魔族がこの街を襲うだろう。その時のお前たちの顔が見ものだな……」

「それなら一緒にその顔をしようね」

「な～！　ぐああ！」

エヴルラードみたいなことを言っているので、僕はハイビンの角をコネ始めた。

他の魔族たちと同じく、背中まで伸びていた角を首辺りまで削り、魔鉱石でコネて固定。やっぱり角が暴力的にしているんだろうな～。

「俺は何を……」

角をコネ終えると、ハイビンが自分の両手を見て呟いていた。

僕はそれを放っておいて、ガゼルとかいうもう一人の角をコネコネ。

クリアクリスの攻撃が凄過ぎて、まだ気を失ったままだ。腕が潰れていたので、雫を飲ませて回復もさせる。クリアクリスの青い大剣は強力過ぎたけど、流石うちのクリアクリスということで今回はお咎《とが》めなしです。

「ん？　ここは……そうか、私は街を攻撃して……なんてことを」

ガゼルも我に返った様子で、頭を抱えている。

正気に戻ったようでよかった。


「「「申し訳ない！」」」

「いえいえ、もう角は固定したので大丈夫ですよ」

三人の魔族が僕らの前で土下座している。

やってはいけないことをしたと後悔しているみたい。

でも、もうそれを責めるつもりはない。何せ、あのグリードさんたちでさえ逆らえなかった暴力性だからね。

「恵みの雫に命を救われたというのに、俺たちは何をやっているんだ……」

「命を救われた？」

「はい……我らは別の街で奴隷として暮らしていたんです」

ジャガーはそう言って俯いた。

奴隷か……魔族はみんな奴隷にされているんだな。何だか悲しい。

「力を取り戻した後、あのブクブクに太った野郎を殺そうと思ったのに、何故かこの街に引き寄せられて……」

「太った野郎……？」

その太った野郎って、もしかしてルーラちゃんたちが以前言っていた男かな？

僕は見物していた街のみんなの中にいた、ルーラちゃんを呼んだ。

「その男とは、ブザクという名前ではなかったか？　鼻息の荒い男の？」

「ああ、その通りだ。確かにブザクって名だった。あと、仮面を被った者たちを操っていたな」

ルーラちゃんの問いに、ハイビンが答えた。

彼女の情報通りの話だね。でも、どこの街にもワルキューレの水球が落ちたはず。雫の影響を受けていないのか？

「世界樹の雫が降ってきたと思うんだけど？」

「確かに私たちもそれは浴びました。ブザクも浴びているはずです。直接見てはいませんが……それがどうしたんですか？」

ガゼルが怪訝《けげん》な顔をする。穢れを葬《ほうむ》り去るはずの雫を受けて改心しない奴がいるとは……腐り過ぎてるみたいだね。

「ブザクがどこにいるかわかる？」

「恐らく、ジャーブルの街の近くです。私たちはその外れで暮らしていました」

「ここから北へずっと行ったところにあります。私たちは元々、細々と畑を作って暮らしていたんです」

ジャーブル？　聞いたことのない街だ。

「まだそこにいると思う？」

「わかりません。角が回復した時には、既にブザクはいなかったので……」

「そうか～」

ワールド・ウォータースプラッシュが効かないほどろくでもない奴を、野放しにしておけない。手がかりを見つけて、追いかけたいところだね。

「まあ、とりあえず。ようこそ、僕らの街へ。歓迎するよ」

「え、いいんですか？」

「僕らの街は種族で差別なんてしない、平和な街だからね。魔族だろうが何だろうが、清い心を持っているなら歓迎するよ。まあ、結界に阻まれたらダメだけどね」

ジャガーたちは顔を見合わせてから、満面の笑みを浮かべた。平和な街で暮らせることが嬉しいんだろうね。

でも、なんでこの街へ飛んできたんだろう？

「この街のある方角に強く惹《ひ》かれて、気が付いたらここまで……あなたのことは人族が噂していたのを聞いてはいましたけど、よく知りませんでした」

街へ戻りみんな揃ったところで、ここに来た理由を聞いてみる。

といっても、理由らしい理由がないみたいだ。それにしても僕って結構、有名なんだな～。何だか恥ずかしい。

しかし、本能でここに来る理由がわからない。魔族だから天使の気配を感じたとかかな？

「えっ？　天使なんてどこにいるの？」

「あっ！」

ウィンディが上げた声に、僕ははっとする。

そういえばみんなには、天使になっちゃいましたとか、みんな長命になりましたとか言ってなかった。

「そうなの⁉」

ああ、立て続けにウィンディに心を読まれてしまった。やばいです。

「な、何でもないよウィンディ、そうだと思ったけど違うみたいだよ……」

「レン？　怪しい……ウィンディ？」

心を読まれないように取り繕っていると、ファラさんが詰め寄ってくる。

ファラさんが確かめるようにウィンディに視線を移すと、彼女は視線を逸らしてちょっと苦笑する。

「ごめんねレンレン。ファラさんの要望には逆らえないや。レンレンは、天使になったんだってさ〜」

「「「天使⁉」」」

「……」

ウィンディが僕に謝った後、みんなのいる場で告げてしまう。頭を抱える僕。

当然、ファラさんも含めて周りのみんなは仰天している。

「まあ、何かもうそれくらいになってても、おかしくない実力ではあるよな」

驚きつつも、どこか納得がいってしまった様子のエイハブさん。

「やはり、天使を狙う魔族の血が、あいつらをここまで来させちまったってことか？」

「それならば、この先も魔族たちが来るかもしれないいな」

ルーファスさんとリッチは、顎に手を当てて考え込んでいる。

「いやいや、この街の結界は魔族が数百人規模で来ないと破れないだろ」

「そうだな、最強の結界と城壁がある。その二つが破られても俺たちがいるしな」

エイハブさんが手を横に振って否定すると、ルーファスさんたちは納得していた。

みんなの反応をよそに、僕はウィンディに小声で話す。

「ねえウィンディ、長命のことは言わないようにしてよ」

「……わかってるよ。流石にみんな驚き過ぎちゃうと思うから。それよりも見た目がどうなるのか心配だよ。若いままで歳取れるのかな？　ヨボヨボで何百年も生きるのは嫌だよ」

「そんなの知らないよ」

つくづく厄介《やっかい》なスキルだ。うかうか考え事もできないよ。

◇

その後はジャガーたちに家を提供して、装備も提供。さらに戦力増強で、安心感が倍増だな。

「もし僕が不在の間に魔族が来たら、気絶させるとかして捕まえて、僕を待っていてください。絶対殺しちゃダメですよ」

「ええ、わかりました」

「好きこのんで同族を殺すようなことはしません」

「安心してください」

三人とも、僕の問いに答えて頷いてくれた。別れ際に僕は思い出したことがあり、三人に尋ねる。

「そうだ、さっき言っていたジャーブルって街は、どの辺りですか？」


さてさて、僕が何をするかというと。

「ワルキューレ、ワールド・ウォータースプラッシュに人を入れることは可能？」

屋敷に戻り、出迎えてくれたワルキューレに尋ねる。

「え？　はい、大丈夫ですよ。なんせ世界樹の雫の球ですから……ってまさか」

「そのまさかだよ」

今僕らは、デスタワーとこの街の行き来はできるけど、それ以外への転移はできない。ジャーブルの街は、エヴルガルドほどではないけど相当遠い。

高速で移動できる手段がないかな、と思っていたところで、ワルキューレの水球で飛んでいく方法を思いついたのだ。

「定員は四名といったところでしょうか」

一発の雫はかなり大きいけど、重量が増すと流石に飛距離が出なくなってしまう。ワルキューレの見立てだと、定員は四名らしいけど……

「レンレン、私も行っていい？」

「クリアクリスでしょ、ファラさんでしょ、あとは……」

「いいでしょ？」

「私が行こう。最近服ばかり作っていて、腕がなまってきてしまったんだ。せっかくコヒナタに装備を作ってもらったというのに、今回も使わなかったしな」

「わかった。じゃあニーナさんね」

「ええ～～」

ニーナさんの挙手を採用すると、ウィンディが頬を膨らませて不満を漏らした。

「私は嘘がわかるんだよ、レンレン！　私も行けるのにからかってるんでしょ？」

「まー、確かに……どう？　ワルキューレ」

ワルキューレのことだから、そんなやわではないと僕も思っている。

十人以上乗せてても、世界の裏側まで飛ばせるよ。

「ふふ、五人までなら大丈夫ですよ」

「じゃあ、ウィンディを加えた五人で行こう」

「ヤッタ～！」

やはり、ワールド・ウォータースプラッシュはいい移動手段にできそうだな。東京ドームほどのサイズも飛ばせるんだから、当たり前だけどね。

「コヒナタ殿……」

気絶から目覚めた立派なお髭のエルドレット様が、申し訳なさそうな表情で二階から降りてきた。

そうだった、王様がいらしてるのをすっかり忘れていた。

「ああ、エルドレット様。すみません、いらっしゃって早々に巻き添えにしてしまった上に、お話が後回しになってしまって……」

「いや、いいんだ。忘れられてしまっても仕方ない。付き添いの者たちのことを度外視すれば、もうちょっと早く来られたのだが……そうもいかなくてな。かなり遅くなってしまった」

最初見た時は凜々しかったけど、やる気を出した矢先に気絶させられたからか、弱々しい印象だ。

とても申し訳ない。

「本来ならばレイティナの婿《むこ》として迎え入れるつもりだったのだが、それも叶わないようだ。まさか、既に子供が――しかもあれほど強い子供がいるとは。人生、長生きしていると驚きの連発だな」

ため息を吐いて、エルドレット様が呟く。

ん、お婿って誰のこと？　それに子供って、クリアクリスのこと何か勘違いしてない？

「ちょっと、パパ、まだ気が早いわよ～。レンさんは色々忙しいんだから」

「お、おお、そうだったのか。それは失礼した、コヒナタ殿」

「……」

どうやら、こっちも何やら怪しげな話になっているようだ。

ファラさんは第二第三夫人を容認しているけど、僕的には一途《いちず》でいたいんだよね。僕の本命はファラさんだけなのだ。

「それで礼とは別に、レイズエンドの長として相談をさせてほしくてな。同盟を組ませていただけないか」

「急な話ですね」

「急にもなるだろう。一国の王が穢れに操られて、軍まで動かしてしまっていたのだ。もしそのままエルフの国へ攻め込んでしまっていたら、どれだけ死人が出ていたか。考えただけでゾッとする。

それを未然に防いでくれたコヒナタ殿には、頭が上がらない。改めて、感謝申し上げる」

エルドレット様はそう言って、深く頭を下げてきた。

確かに、王が操られていたのは恐ろしいことだよね。特にこの世界は貴族とか王族の権力が強いわけだし。

「それから以前、そちらのルーファス殿にも門前払いをしてしまったことがあったな。あの時は申し訳なかった」

エルドレット様がルーファスさんを見て謝っている。

「いえ、仕方のないことです」

「何の話？」

疑問に思って尋ねると、ルーファスさんは呆れ顔になった。

「俺たちがエリンレイズにいた頃、コリンズを密告しようとしただろう？　その時の話だよ。少しだけエルドレット様にコネがあったから行ったんだが、追い返されて帰ってきたのを覚えてるだろ」

ああ、なるほどあの時か。

「何も勝算がなく行ったと思ってたのか？　いち冒険者の俺が普通に謁見できるわけないだろ。まあ、結果的にはできなかったわけだけどな」

「あの時とは違って今では、貴族も皆、国民のために働く者ばかりになった。操られていた者もそうでない者も、心が綺麗になったのだろうな」

エルドレット様はそう言って何度も頷く。

そんなところまでワールド・ウォータースプラッシュの影響が及んでいるんだね。

「それで、この街の名はピースピアでいいのか？」

「はい。誰でも平和でいられる街という願いを込めて、そう付けました」

「あいわかった。ではここに宣言しよう」

エルドレット様は街の名前を聞いて目を瞑った。

次の瞬間、僕の頭にエルドレット様の声が響く。

『我が名はエルドレット！　ここに宣言する。この街、ピースピアは私が国として認める。今日をもってレイズエンドとの国交も樹立した！　何者であっても平和でいられる国、ピースピア。清い心で訪れるがよい！』

「今のは？」

「ああ、私の国と、この街の民へ伝えたのだよ。魔法の一種でな、この王冠の持つ力なのだ。コヒナタ殿やそのお仲間が治めているなら、国にしてしまっても構わないだろう」

う～ん、色々なことが一足飛びに運んでしまった。

街が国になってしまいましたよ。どうしよう。

「まあ、いつかはそうなる運命だったろう。それが早くなっただけだ。では、私はこれで失礼する。

民たちを安心させないといけないからな」

そう言って、エルドレット様は屋敷を出る。外には側近の乗った騎馬が待機していて、エルドレット様も自分の馬に乗り、颯爽《さっそう》と帰っていかれました。

やっぱり身動きが取りにくくなるんだろうな～。僕は王様にはならないようにしよう、そうしよう。

第十三話　雪混じりの街へ

「みんなには言っていなかったが……」

エルドレット様を見送った後、ルーファスさんが口を開き、少し言いにくそうに語り出した。

「俺はかつて、冒険者としてレイズエンドに雇われていたんだよ。だがその後事故で片腕を失くしてからは、どうしても居場所がなくてな……。一度冒険者を辞めてテリアエリンに引っ越して、そこで衛兵に志願したんだ。まあ、結局そこでもスタンピードが起きて、あんなことになっちまったがな」

ここにきて、ルーファスさんの過去が全て明かされたわけだ。

「レンには本当に感謝しているんだ。できるだけお前のためになることをしたいと思ってる。まあ、俺のできることなんてたかが知れてるけどな」

「ルーファスさん……」

何だか感動してしまうな。こんなに覚悟を決めてくれているのか。

ところが、尊敬のまなざしで僕を見るルーファスさんの前に、ウィンディが割り込んできた。

「レンレン、そんな話は後にして、天使になった話を聞かせてよ」

「ウィンディ！　お前……」

ルーファスさんはウィンディを退けて話を続けようとするけど、ウィンディはそれをさせまいと取っ組み合いをしている。

まったく、いい話だったのに、ウィンディは相変わらずなようです。

「私もその話は気になる」

「そうだよ。レンはなんで天使に？」

ファラさんとエレナさんも、天使の話が気になるようで顔を近付けてきた。

僕は仕方なく、みんなに説明することにした。

「この前、僕が一人でデスタワーの温泉に行ったでしょ？　その時ルースティナ様が現れて、スキルをもらったんだけど、人だとそのスキルを得るのは無理だから天使になったみたい」

「それであんな水鉄砲を作れたんだ。あんなの鍛冶の域を超えてるもんね」

エレナさんが納得して頷いた。

「……天使になるには、神との接触が必要なはずですが？」

「接触？」

流石ワルキューレだ、そういうことまで知ってるんだな。

ルースティナ様には触れていないけどな？　温泉には一緒に入ったけど……。

「ええ〜〜」

「急にどうしたの、ウィンディ？」

「レンレンがルースティナ様と温泉に入ったたって〜」

「「ええ！」」

しまった、またウィンディに心を読まれてしまった。

「私ですら一緒に入ったことないのに……」

「ファラさんはいいじゃゃん。夜一緒に寝てるんだから」

「よくない！」

ファラさんが愕然としている。そしてエレナさんと言い合いになった後、二人とも僕を見る。

「今度一緒に入るぞ、レン」

「レン！　私とじゃダメ？」

「いいでしょ、レンレン〜」

ウィンディまで乗っかって、三人揃って目を輝かせておねだりしてきた。

上目遣いすると、とても綺麗だなあ……いや待て、この三人以外にもいた。

「お兄ちゃん、私も入りたい～」

「私だって入りたいです」

「私も入りたい。ぜひコヒナタと……」

クリアクリスとイザベラちゃん、それにニーナさんまでこっちを見て言ってきた。

「ははは……今度ね。今度」

「絶対だよ。レン」

ファラさんの目が怖いです。

「約束するよ。今度一緒に入ろう」

よし、ひとまずこの場は乗り切ったぞ。

本当にみんなと入ることになるのか？　僕の精神が持たない気がする。

「あ～、レンレンがなんとか乗り切ったとか思ってる～」

すかさずウィンディが逃げ道を塞いできた。女性陣から「えー！」とブーイングが上がる。

「よし、ならもう今から行こう」

「いやいや、ブザクとかいう奴を倒しに行くんだから、急がないと」

「タワーの温泉に行けばすぐじゃないですか。今回ばかりは私たちのわがままを聞いてください」

「お兄ちゃんと入りたいの～」

女性六人に迫られると流石に逃げ場がないな。

でも、ウィンディ以外がお願いしてきたのは確かに珍しい。そんなに僕と温泉に入りたいのか……。

「わかったよ。みんなで温泉に行こう」

「「「やった〜」」」

僕が折れて了承すると、みんなすっごい喜んでいる。

エイハブさんとルーファスさんが近寄ってきて、僕の肩を叩いた。

「レン、ブザクのことは心配するな。俺たちが先に行って情報収集をしてみる。後から合流してくれればいいさ」

「そうだ、こっちは任せろ。エヴルラード討伐でもあんまり活躍できなかったからな。レンはレンで、少しはみんなと遊んでやれ」

二人とも先行してくれるみたいだ。頼りになるな〜。

「じゃあ、私もエイハブと一緒に行く！」

「ええ!?」

そこで思わぬ人物、レイティナ様が手を挙げた。エイハブさんがびっくりしている。

「エイハブは私の騎士なんだから一緒にいないとダメでしょ。だから、私も行くの。王家の私が行けば街での聞き込みも楽になるし、いいでしょ？」

「危ないからやめておけ」

「嫌よ。レンさんの役に立ちたいし、せっかくここまで来たんだもの」

「そういうのは俺らの仕事だ。それにテリアエリンには帰らなくていいのかよ」

レイティナ様は頑《かたく》なに行きたがっていて、エイハブさんと口論になっている。エルドレット様と一緒に帰らなかったのはそういうわけか。

「それなら大丈夫よ。マリーがやってくれるもの。ね、マリー」

「レイティナがそう言うなら、テリアエリンに帰るわ。危険な目には遭わせたくないけど、レイティナが望むならそれが一番いい」

マリーの一押しで、エイハブさんもしぶしぶ納得した様子。やっぱり、エイハブさんは尻に敷かれていくんだな〜。

「じゃあ、心配だから装備と従魔を渡しますね。ポイズンスパイダーとマイルドシープをつけるよ」

目立つといけないから、従魔の中では小さい部類の二匹を護衛につけよう。

これで大分安心感が高まる。渡した装備も、ちょっと前に作ったものだけど、並大抵の攻撃では傷一つ付けられない、アダマンタイト製のチェーンメイルだ。

「ありがとう。ここまでしてもらったんだし、絶対にブザクとかいう男は捕まえてみせるわ」

「だから、そこまで気張らなくても大丈夫だっての。奴は俺たちが仕留める」

レイティナ様のやる気に、エイハブさんたちが呆れてます。

「無理しないで頑張ってくださいね」

「はい！」

僕の言葉に満面の笑みで答えるレイティナ様。見返りもないのに、いい人だな～。

「じゃあ、私はテリアエリンに戻って仕事するわ」

「うん。お願いねマリー」

「わかった。レイティナを頼んだわよ。私の恩人なんだから」

マリーはレイティナ様に頷いた後、僕の目を見て言った。

「もちろん、最大限努力するよ。テリアエリンのみんなによろしくね」

「……まあ、今はそれでいいわ。わかった。あなたのことが大好きなみんなに、よろしく言っておくわ。私はまだ睨まれてるけどね」

そう言ってマリーは屋敷を出ていった。

彼女はこれからテリアエリンを守る一員になっていくんだな。

嫌われてると言いながらも、悪くないといった顔をしてるマリーは印象的だった。

罰は甘んじて受け入れるって感じなのかな。最初はあんなに高慢な感じだったのに、人って変わるもんだな～。これもレイティナ様の人柄のおかげかな。

何はともあれ、僕らは温泉に行くことになりました～。嬉しいんだけど不安です。

◇

「おっ風呂～おっ風呂～」

「ウィンディ、嬉しそうだね」

「そりゃそうだよ～。レンレンと裸の付き合いだよ～。ムフフ」

みんなの要望通りにデスタワーへと転移し、地下の広い温泉へ。

ウィンディが嬉しそうにスキップしながら、螺旋《らせん》階段を降りていく。彼女の後に続くエレナさんも少し嬉しそうだ。

そんなに喜ばれるのも何だかこそばゆい。

脱衣所は男女別々だけど、浴槽は一つしかないから、混浴になっちゃうんだよね。

「は～……ドキドキするな～」

脱衣所に入ってからも、独り言を呟いてしまう。

タオル着用だけど、日頃見えないところまで見えてしまうわけだし。ただ、ニーナさんは普段から露出の多い服だから、あんまり変わらなさそうだけどね。

脱衣所で服を脱ぎつつ、色々と妄想を膨らませて、タオルを腰に巻いた。

いざ行かん、ユートピアへ。

みんな気持ちよさそうに、湯船に浸かっている。

なるべく直視しないようにしつつも、ついみんなをチラ見してしまう。

「いいお湯ですね～」

「お兄ちゃん、気持ち～ね～」

「そうだね～」

「ええ、本当に」

「……ん？」

みんなの声の中に、いるはずのない人の声が交じっていた。

僕は思わず名前を叫んだ。

「ルースティナ様!!」

「「ええっ！」」

みんな驚いて狼狽《うろた》えている。話にしか聞いていなかった神様が急に現れたんだから。

「これで皆さん、名実ともに天使ですね」

「もしかして、一緒にお風呂に入ったから天使になったんですか……？」

接触が必要だと聞いた時にまさかと思ったけど、やっぱりそういうことだったんだね。

「本来はキスとかで唾液《だえき》の交換をするものなんだけど、皆さんに配慮したのよ」

ルースティナ様はそう言って微笑んだ。キスって……。

「そういえば、レンとキスしてない」

ファラさんはそう言って僕の唇を見つめてきた。そんな目で見ないで。

「それはそうと、魔族が早速来たようね、数人ほど」

「はい。……ルースティナ様は、魔族の人たちがああなることも知っていたんですか？」

ふと気になり尋ねてみると、彼女は「ええ」と言って頷いた。

「魔族は本能的に戦いを求めてしまうのよ。そして理性を失った魔族は、過去の因縁《いんねん》から天使を標的にしてしまう。雫をばらまいたことで魔族の角が回復し過ぎて、危ないことになるのは予想していたから、コヒナタさんを天使にしてしまって、あなたの元に魔族たちが来るようにしたの。あなたなら、戦いになっても犠牲《ぎせい》を出さずに彼らを救えるでしょ？」

雫をばらまいたことは、ある意味ではかなり世界を危険に晒《さら》したようだ。

魔族やその周りの人を救わせるために、ルースティナ様は僕を天使にしたらしい。遊びや気まぐれじゃなかったんだね。

「……あー、やっぱり、神様の心は読めないんだね」

ウィンディが静かだと思ったら、ルースティナ様の心を読もうとしていたみたい。

「ウィンディさん。流石にそれは望み過ぎよ」

神をも恐れぬおバカさんだな～。

「レンレンがバカって言った〜。クリアクリス、慰《なぐさ》めて〜」

「よしよ〜し」

ウィンディはまたクリアクリスに慰めてもらっている。本当のことなんだからしょうがないでしょ。

「ふふ、皆さん相変わらずね」

「今回、みんなを天使にした理由は？」

「まだまだ魔族たちがピースピアに来るからよ。角が回復していない魔族は数人、回復した魔族は続々とピースピアを目指しているわ。ガゼルやハイビンは、羽を持つ堕天《だてん》の魔族。近くにいたから早く着いたの。中にはもっと危険な魔族もいて、感知能力が弱い者だと、ピースピア付近の別の街を襲いかねない。それで皆さんを天使にして、気配を強くしたのよ」

なるほど、天使を増やして気配を増すことで、魔族をより確実に集められるってことね。

しかし、世界中の魔族がピースピアを目指しているのか。迫害され、離散してしまっていた魔族を保護できるチャンスでもあるんだね。

「コヒナタさんたちの装備を身に付けグリード夫妻なら倒せると思うけれど、流石に苦戦すると思うわ。複数同時に来られたら大変そうね」

「そんなに強いの？」

「クリアクリスちゃんよりは多分弱い、くらいだと思うわ」

ルースティナ様は、クリアクリスの頭を撫でて微笑んだ。

「コヒナタ様の従魔が全員いても苦戦しますか？　今はリッチさんのスケルトンや、リビングウェポンたちが守っていますが」

イザベラちゃんは色々頭の中でシミュレーションしているようだ。頭の回転が速いから、心配事も多いんだろうね。

「そうね……一部の魔族は倒せるわ。でも、元軍人や戦闘職の魔族が来たら、勝てないでしょうね」

「では、コヒナタ様はあまり街の外には出ないほうがいいんでしょうか？」

僕が街を離れている時に魔族たちが一挙に来たら、危ないと思ったんだろうな。

でも、僕としては結構大丈夫だと思うんだよな〜。装備も充実しているし、リッチもいるしね。

リッチには奥の手もあるし……あれには僕もドン引きだったよ。

それにこの先、魔族が来れば来るだけ新たな戦力になっていってくれるわけだし、彼らに装備だって提供するつもりだ。

「ええ、私だって大丈夫だと思うわよ。でも戦力は多いほうが安心できるでしょう？」

むむ、ルースティナ様は何が言いたいんだろう？　心配なら、僕は外に行かないほうがいいと言えば済むはずだ。何か目的があって、こんな回りくどい言い方をするのかな。

「……ウィンディさん。あなたは弓の名手。市街地戦よりも、城壁や結界の中からの攻撃のほうが

「大きな力を発揮するわよね」

「え？　うん……あ、まさか！」

「あなたには街に残って、魔族たちを退けてほしいの」

ルースティナ様はウィンディをまっすぐ見て告げた。

「やだやだ〜、レンレンと一緒に行くの〜」

ウィンディは駄々をコネてお風呂に波を立てる。あんまり激しく動くと、胸に巻いてるタオルが取れちゃうよ。

「ウィンディさんは最強だから街に必要なんですね！」

駄々をこねるウィンディの声を遮るように、イザベラちゃんが声を張り上げた。

「私が最強？」

「そうですよ。遠距離から攻撃できる、私たちの中で一番のシューターなんですよ」

「一番……」

イザベラちゃんはここぞとばかりに、ウィンディを褒めまくる。お世辞ではなく本心なのか、ウィンディが心眼を使って反論する様子もない。

「えー、お姉ちゃんよりも私が最――」

「もちろん、クリアクリスちゃんも最強だよ」

クリアクリスが最強という言葉に反応して声を上げようとしたんだけど、イザベラちゃんはそれも上手く遮った。

「だけど、不意にウィンディさんの弓を受けたらただじゃ済まない。そうでしょ？」

「う～」

頬を膨らませるクリアクリスの横で、ウィンディが考え込んでいる。

「そうだよね。レンレンの留守を守るのが妻の仕事だよね……」

「そうです。夫の帰ってくる場所を守るのは、妻の仕事ですよ」

イザベラちゃんの言葉がどんどん強くなっていく。まるでウィンディが操られていくようだ。

色々否定したいけど、今はイザベラちゃんに任せよう。

「……わかった、私が街のみんなを守るよ！」

「はい、お願いしますね」

ウィンディもクリアクリスと同じように、イザベラちゃんに屈したようです。僕はこの時、ファラさんのことばかり考えるようにしていたので、ウィンディ対策は万全だ。

あ～、ファラさんの濡れた長い金色の髪は綺麗だな～。

◇

時は少し遡《さかのぼ》る。

「今頃、あいつらはみんなで温泉に入ってるのか」

「いいな〜」

俺の名はエイハブ、レンより先にジャーブルの街にやってきた。そばにはルーファスと、無理やりついてきたレイティナもいる。

彼女の呼び方については、本人の強い希望で仕方なく俺もルーファスも呼び捨てになった。

俺たちは雫に入って射出され、目的の街のはずれに落っこちた。ちなみに雫の球の中は案外温かく、心地よかった。

「寒いな」

「雪がちらついてる」

冬が近いこともあるが、北へ飛んできたのもあって気温が低い。地面にも少し雪が見られる。

「よし、レンが持たせてくれた装備をつけよう」

「これね。綺麗、赤い螺旋が描かれてる」

レンはそろそろ寒くなるからということで、装備や装飾品を作っていたんだと。

出発前に渡された装備を身に付けた後、装飾品も付ける。半透明のペンダント型で、レイティナの言う通り、中に赤い螺旋模様が見える。

首に下げるためのチェーンも透明で、もはや何で作られているのかわからない。

「相変わらずのレンの装備だな」

俺たちは呆れにも似た視線をペンダントに向ける。

まあ、それは今に始まったことでもないので、すぐに気を取り直し、俺たちは街へ入った。

「あまりいい街ではないようね……」

レイティナは目立たないための外套《がいとう》を目深《まぶか》に被って、周りを見渡している。

ジャーブルは、お世辞にも栄えているとは言えない街だった。

街の広さ自体はそこそこあり、人口も多いようなのだが、孤児や路上生活をしている者があちこちにいる。ごみを漁って暮らしているのだろう。

「ここってまだパパの領内のはずよね。こんな街があったなんて……」

「あまり気落ちするなよ。エルドレット様でも、全て把握できているわけじゃないんだ」

レイティナが落ち込んで、目に涙を浮かべる。自分の親父のせいとか思ってるんだろうな。

「この街を仕切ってる貴族がいるはずだ」

「そいつは雫を浴びなかったか、雫の力が効かなかったブザクとかいうのと同じクズかのどっちかだな」

ルーファスが握り拳を作って呟く。

確かに、こんな街をそのままにしているのを考えると、雫で良心が芽生えたとは思えないな。

「ブザクの前に、この街をどうにかしましょ」

「レイティナのやりたいこともわかるが、今は……」

「俺はレイティナに賛成だ」

レイティナを止めようと思って声を上げると、ルーファスまで彼女に同調した。

「こんな腐《くさ》った行いを見過ごすわけにはいかない。見過ごしたら、レンにも怒られそうだ」

「二人とも気持ちはわかるが、ここの貴族を懲《こ》らしめたとして、すぐ状況が変わるわけじゃないだろ？　一方で、ブザクはすぐにでも始末しないと悲しむ人が増えるんだぞ」

俺も街の惨状《さんじょう》を見過ごしたくないが、今はブザクのほうを優先すべきだ。

「時間がないのはわかる。でも一度、私はこの街の貴族の屋敷に行くわ」

二人は頑なだった。レンに感化されて、正義感が溢れてるんだよな。

「……わかったよ。二人は貴族に話をつけてこい。俺はブザクの情報を探す。ついでにこの街の現状も、もう少し聞き込んでおくよ」

「ありがとう、エイハブ」

まったく、レンは本当に人の見本になれる男だよ。

「じゃあ、レイティナを頼んだぞ」

「ああ、ポイズンとマクラもいるから大丈夫だ」

レンの強力な従魔の二匹を、ぬいぐるみみたいに抱き上げている二人。ルーファスには似合わないが、レイティナとマクラの組み合わせはなかなか絵になるな。

このマイルドシープは、レンが持つ従魔の中でも古株だからか、相当強くなっているらしい。

どれほどかというと、野良のデススパイダーよりも強くなってるそうだ。本来F～Eランクの魔物であるマイルドシープが、Cランク以上の強さを持っていることになる。なんとも驚きだ。

そんな強力な従魔にとどまらず、レイティナの装備も強力だ。

鎧はレンが言っていた通りの強度で、武器も魔鉱石でできている短剣と小盾だ。

小盾でありながら、ガードできる幅を状況に応じて自動調整してくれるらしい……恐ろし過ぎだ。

短剣も同じように、敵の悪意を感知して襲い掛かってくれる。要はリビングウェポンのようなもんだ。本物のリビングウェポンは、今もピースピアを守っているわけだけどな。

「さて、ひとまず酒を飲むか」

俺は酒場に歩を進める。飲んでからじゃないと、情報収集なんてやってられないからな。

第十四話　新たな敵

エイハブと別れた後。

俺――ルーファスはレイティナと一緒に、急ぎ足で貴族の屋敷を探していた。

「レイティナ、あんまり焦るな」

「わかってるわよ、ルーファス。でも急がないと、エイハブがブザクを捕まえちゃうじゃない」

レイティナは街のことに加えて、ブザクの捕獲もしたいと躍起《やっき》になっている。

俺はレンに恩があるからわかるとして、レイティナはなんでこんなに必死なんだろうな？　掃除をしてくれたお礼ということらしいが、それだけじゃねえだろう。

王族がそんなことだけでせっせと動くわけがない。レンのことを好きなのが見え見えだ。

「そんなに急がなくても大丈夫だろ。貴族の屋敷は、街の中心と相場が決まってる」

雪が積もり始めていて、地面は白くなっている。

ピースピアよりは小さい街だが、それでも都会と言って差し支えないだろう。魔石を使った街灯があるのを見ると、なかなか金に余裕があるんだろうとわかる。

その金が市民に行き渡っている様子はないがな。

「ここね」

「ああ」

予想通り、街の中心部に城壁があった。門の前には仮面を付けた衛兵が立っていて、鋭い視線を道行く人々に向けていた。もちろん、俺たちにも鋭い視線が刺さる。

「何の用だ……」

門に近付いていくと、衛兵二人が槍を交差させて、俺たちを止めた。

槍はなかなか高価そうで、普通なら業物《わざもの》と言われるくらいに見える。レンの装備に慣れちまった俺たちにとっては、ゴミ同然だけどな。

「私はレイズエンドの王、エルドレットの娘レイティナよ。この街の領主に会いたいのだけど」

「……少し待て」

衛兵はぶっきらぼうにそう答えて、後ろに立っていた別の男に顎《あご》で合図を送った。

男はそれを受けて、門を少しだけ開けて中に入っていく。

「なんというかこう……感情が見えないな」

「そうね……」

衛兵たちの受け答えに違和感を覚える。あの仮面に、何らかの力があるのだろうか。

雫が降り注いだにもかかわらず浄化されなかったのは、あの仮面のせいかもしれないな。

しばらくすると、門がまた少し開き、さっきの男が戻ってきた。

「通れ……」

声と共に、ゴゴゴと門が開かれていった。

「こちらへ……」

そこには執事服を着た仮面の男がいて、またも言葉少なにお辞儀をして歩き出す。

俺たちは警戒しながらも、それについていく。

「綺麗ね」

「ああ、塵《ちり》一つないな」

屋敷の中は、一言で言えば綺麗過ぎだった。王族の城でもこれほど綺麗なところはない。

強いて言えばレンの屋敷くらいだ。

今ではワルキューレが手入れしているからさらに綺麗になっている。俺たちが埃《ほこり》を立てても宙に浮かんでいる間になくなってしまう。

陽の光の中で空中の埃が見えないのは、あそこくらいだと思ってたんだが……。

「主、レイティナ様をお連れしました……」

「そうか、入りたまえ」

執事が声をかけると、扉の内側から声が聞こえてきた。執事が扉を開ける。

「ようこそ、レイティナ様。わたくしはこのジャーブルを統治しているアザベルと申します。お見知りおきを」

中に入ると応接間のような部屋で、奥の机から立ち上がった男が深くお辞儀をした。

男は、衛兵たちとはデザインの違う仮面を付けている。目と額だけを覆ったタイプで、舞踏会に出るかのような仮面だ。

「立ち話も何なので、座ってください」

アザベルの合図で執事の男がレイティナの手を取り、ソファーへと案内する。向かい合わせのソファーに俺とレイティナが座ると、アザベルも座った。

「さてレイティナ様、今日はどういった御用で?」

執事がコーヒーを入れ始め、アザベルが本題に入った。

「実はこの屋敷まで来る予定はなかったのですが、街を見て気が変わりました。……ここの住民の環境があまりにも劣悪《れつあく》でね」

レイティナは怒りを隠さずに本音を語るが、アザベルは意に介さずコーヒーを口に運んで聞いている。

「……ふむ」

「家のない難民がいるのに、孤児院などもなくスラムが放置されている。ごみの処理も行き届いていない。これで統治していると言えるのかしら？」

レイティナはアザベルの態度にも憤っているようで、語気を強めて言う。

「いやいや、すいません。とても幼稚《ようち》な意見でしたのでつい」

「幼稚ですって!?」

アザベルはレイティナを幼稚と切り捨てた。こちらの話を聞き入れるつもりはないようだな。

あれだけ街灯を作る金があれば、孤児院の建設くらい簡単にできるだろう。スラム以外の街の綺麗さを見れば、孤児を助けようという気がないのは明らかだ。

「あ～、すいません。わたくしは嘘をつくのが苦手で、つい本音を語ってしまうんですよね。何でしたっけ？　孤児やスラムですよね。それならば理由はありますよ」

「……」

レイティナは立ち上がって憤っていたが座り直す。アザベルの言葉を冷静に聞くことにしたようだ。大きく深呼吸して、アザベルを見据える。

「孤児は調べたところ百人ほどいることがわかっています。孤児院を作るにしても、二棟か三棟作らないといけません。スラムを綺麗にするために血税を使うことに、住民の反対がありましてね。涙を呑んで建設を諦めたのですよ」

「……住民の反対？　それは皆、裕福な方々では？」

「良くおわかりで。血税をスラムなどに使うのはもったいないということで、街灯など街の設備に使ったというわけです。街は明るくなって夜も出歩くことができるようになりました。皆、喜んでくれていますよ」

アザベルはスラスラと言葉を紡いでいった。裕福な者たちからは賛同されているという話だな。

しかし、孤児院を作るということは、未来の労働力が手に入るということだ。それに思い至らないなんて、頭の悪い連中だ。

「自分さえよければいいという考えで、統治は立ち行かない。私のお父様はいつもそう言っています」

「エルドレット様はとてもお強いですからね。わたくしのような弱い男に真似はできません。裕福な者たちを敵に回して生きていられる者は、数少ないんですよ」

「では、王の娘である私が、ただちに孤児院建設とスラムの改善を命令します。これは王家の紋に基づいた命よ。誰も逆らえないはず、これで裕福な者たちも怖くないでしょ？」

レイティナがアザベルの前に紋章を掲げた。

レイズエンドの紋章、双頭の鷲《わし》が描かれているペンダントだ。

「……そうですか、そんな力業《ちからわざ》を用いてくるのですか」

アザベルは手で顔を覆ってソファーから立ち上がり、元いた奥の椅子に座った。

「わたくしは敵が多くてね。このような仮面を付けるようになりました。その前は堂々と顔を出していたんですよ」

アザベルが椅子に座ったまま、窓のほうを向き呟いた。

「こんな醜《みにく》い顔ですけどね！」

「「!?」」

仮面を取ったアザベルの顔は、上部が火傷《やけど》でただれていた。

それだけならば、俺たちは驚かなかった。だが、彼の額にはもう一つ目があり、輝いていたのだ。

それを見た瞬間、まるで数百キロの重りを持たされたかのような重みを感じた。

「貴様……！」

「おや？　動けるのですか。流石にレイティナ様は動けないようですね」

俺はぎこちない動きで短剣を抜く。これがこいつの力か。

「素晴らしい短剣をお持ちだ。頂戴《ちょうだい》したいところですが、わたくしたちには持てないようですね」

「ぐっ」

剣の特性を読んだアザベル。察しが良過ぎる。どうやら、穢れと関係しているようだな。

「ルーファス……ごめん……」

「大丈夫だ。ポイズン、マクラ！」

『キシャー！』

『メェ～』

ソファーの後ろに隠していた二匹の従魔。こいつらはアザベルの影響を受けていない。

「ほ～、従魔がいましたか、あなたのものではないようですが、厄介ですね。ではこちらも」

アザベルは二匹を確認すると、パンパンと手を叩いた。

執事が短剣を構えながら扉を開け、重装備の仮面の男たちがなだれ込んでくる。

「これはやってられねえ。逃げるぞ。ポイズン、マクラ！　しんがりを！」

俺は重い身体に鞭《むち》打って、レイティナを抱えて窓へと向かう。

ポイズンとマクラは重装備の兵士と執事へと攻撃を開始した。二匹の攻撃を無言で受ける兵士たち。ダメージを受けても怯《ひる》みもしない。痛みを感じないというのか？

「まあ、いいでしょう。今日のところは前哨《ぜんしょう》戦ということで。ですが無傷では行かせませんよ」

応接室に窓は一つしかなかった。そこにしか活路がない。エイハブがいれば力押しできたんだがな。

窓から飛び出す直前、アザベルの投げ放った短剣が俺とレイティナに命中した。レイティナも俺もレンの装備を付けている。彼女は盾が発動したこともあり攻撃を防げたが、俺は当たりどころが悪く、腹に怪我を負ってしまった。

「ぐっ」

「ルーファス！」

「大丈夫だ。追手は俺が押さえる。レイティナはすぐにエイハブと合流しろ。奴のことだ、酒場に行けば会えるだろ」

「……わかった。無事でいてね」

「ああ、大丈夫。大丈夫だ」

レイティナは唇を引き結び、門のほうへと走っていった。屋敷を出たからか、圧もなくなっている。これなら逃げられるだろう。

そこへ、ポイズンとマクラも窓から飛び出してきた。

さらにアザベルと重装備の兵士たちも出てくる。

「レイティナ様は行かれましたか。それは良かった。安心してください。圧も消しましたし、手は出さないように言っておきますから」

「あんまりなめるなよ。レイティナもそこそこ戦えるんだからな」

「そうですか。では手を出さないように言うのはやめましょう」

「ああ、そうしたほうがいい。でないと無抵抗なまま、お仲間がやられちまうからな」

俺は軽口を叩いて、追手と真正面から対峙する。

短剣を食らった腹が痛いが、少しずつ回復していく。レンの装備のおかげだな。

◇

「エイハブ！」

「おお、レイティナどうした？　そんなに焦って」

周囲の話に聞き耳を立てていると、レイティナが焦った様子で現れた。

俺は酒を飲みながら周りの客と雑談していたのだが、この街の領主について、あまりいい噂を聞かなかった。

情報の集まりはかなりいい。これもレンの雫のおかげなのだろうか。顔立ちの悪いいかにもチンピラといった男たちまで、積極的に話してくれたしな。

機嫌がいいので酒場の全員に奢っているところだったんだが、何があったんだ。

「この街の領主はやっぱり腐ってた。雫も効いてない様子で、少しついたら化けの皮が剥がれたわ。重装備の兵士たちで私たちを囲んできたからなんとか逃げてきたけど、ルーファスがまだ逃げられてないの。だから、すぐに来て」

「ルーファスなら大丈夫じゃないのか」

「ううん、あのアザベルとかいう人、何だかおかしいの。多分、話に聞いたエヴルラードの関係者じゃないかしら……顔を見た瞬間に物凄い圧を感じて、私は動けなくなったの。ルーファスも相当身体が重そうだったわ」

「なに！　ルーファスも……」

レイティナの話を聞いて俺は驚愕した。二人とも、レンの作った装備を着ていながらそれだというのだ。レベルアップもしていたし、大丈夫だと踏んでいたんだがな。

その過信が今回のことに繋がってしまったのだから、反省すべき点だ。

「わかった、すぐに向かうぞ。場所はどこだ？」

「まだ屋敷の城壁の中から出られているかわからない」

酒場を後にして、俺たちはすぐに街の中心部へと向かって道を走り抜ける。

「ん！　止まれ、レイティナ！」

「えっ、どうしたの？」

嫌な感じがして、俺は足を止めた。魔石の街灯が妙に明るく感じる。

街灯の光が届かない路地裏から、殺気を感じた。

次の瞬間、そこから釘のような武器が投げ込まれた。

「きゃ！」

「くっ、やっぱりな。出てこい、卑怯者《ひきょうもの》！」

レイティナを狙ったそれを、俺は槍で叩き落として声を上げる。

するとと仮面をかぶった男たちが数人、ぞろぞろと出てきた。この人数だとレイティナを守りながら戦うのはきついが、彼女のほうは盾が自動で大きくなっている。自分の身は自分で守れそうだ。

「盛大なお出迎えだな」

道路いっぱいに、仮面の者たちが無言のまま立ち塞がった。

「あの仮面がそうさせていると思うの」

「多分そうだろうな。なら、やることは一つだ」

槍を構えて一閃《いっせん》！

俺は高速で槍を突き上げ、先頭にいた男の仮面を弾き飛ばす。

「なっ！」

「ひっ！」

だが仮面の中には、想像を絶するものがあった。

「あれは何？」

「虫だ……それにこいつら、死んでやがる。どうりで生気を感じねえわけだ」

目や鼻から虫がウネウネと蠢《うごめ》いていたのだ。ほとんど言葉を発さないし、生気を感じなくておかしいと思っていたが、これは流石に想像してなかったな。

「雫が降って、こういうのは消えたものだと思ったんだけど……」

「死体は悪意を持たないから、雫が効かなかったんだろう」

恐らくこの仮面は、虫が死体を操っていることを隠し、虫自体を守るためのものだろう。

「さて、正体もわかったところで……とりあえず、一掃するぞ」

「そうね」

操られているだけならと思い、助けるつもりでいたのだが、死体なら話は別だ。遠慮なしに行かせてもらおう。

ルーファスが逃げ切れていない理由もそうだろうな。あいつは敵の手下だろうと殺すのを避ける。レンに助けられてから、他人を助けることに執着している感じがあるからな。

いい影響と言えばいい影響だが、隙になるんだよな。まあ、そこは俺がカバーしていけばいいか。

「レイティナ、後ろは任せたぜ」

「指図《さしず》しないでよ」

俺はレイティナに背後を任せて、槍をぶん回して前進する。圧倒的な武力で死体どもをぶっ飛ばし、切り刻む。

こんなことができるのも、レンの装備のおかげだ。少し前に作った装備らしいが、それでもこれだけの火力が出るのだから、ダークエルフたちはさらに凄いだろう。

レンの奴、ダークエルフたちには遠慮なしに武器や防具を提供してるからな。あんなに戦力の整ってる国は他に知らないぞ。

「はっ！　やっ！」

レイティナも背後から近付いてくる死体を、レンにもらった短剣を駆使して斬り伏せている。

王女だというのに、簡単に吹き飛ばしているぞ。

「この武器凄い。見えない剣先があるみたいで間合いが伸びてる」

なるほど、最上の空気とか言っていたな。あれを剣先に加工しているのか。

刃になる空気とか、反則だろう……まあ、あいつの装備はどれも反則級だけどな。

「よし、そろそろ城壁に着くぞ」

敵を一掃した後、走って到着。

「ルーファスは無事？」

「ああ、戦ってるのが見えるな。……なんだ、あいつ一人で圧倒しているようだぞ」

やっぱり、心配無用だったようだ。


「よ〜、ルーファス。パーティーをしてるって聞いたんだが、俺を招待してくれないなんてどういうことだ？」

「おっ、招待したはずなんだがな。お前が招待状よりも先に来たんじゃないのか？」

「こんな場面で何やってるの……」

加勢して敵を捌《さば》きながら、軽く冗談を交わす。その様子をレイティナは呆れた顔で見ていた。

こんな場面だからこそ、こういった冗談が重要なんだよ。

「おいおいその腹、どうしたんだ。トマトでも当たったのか？」

「ああ、これはパーティーの主催者のアザベルがな。いきなりトマトを投げてきやがったのさ。あの野郎、俺が全然倒れないから屋敷の奥に逃げやがった」

怪我があることに気付き、冗談を交えて聞くと、ルーファスはギリギリと歯ぎしりして悔しさを滲《にじ》ませた。今は回復しているようだが、一撃を食らったのが相当頭にきているらしい。

ルーファスの装備を貫通するほどの攻撃か。考えられるのはやはり、エヴルラードのような穢れの関係者という可能性だな。

「おいルーファス、こいつらは死体だ。遠慮なくいけるぞ」

「マジかよ！　確かに痛みも感じてない不気味な相手だとは思ったが……手加減して損したぜ」

流石ルーファスだ。怪我をしていても、ちゃんと敵の情報を探っていたようだな。

「さてさて、パーティーは派手にしてやらねえとな」

「ああ、そうだな」

と言っても、俺たちは魔法が得意なわけじゃない。だから、俺たちにできることは……。

「派手に暴れるだけだ！」

俺たちはジャーブルの街の中心部で大立ち回り。

戦いたがりのクリアクリスが知ったら、頬を膨らませて怒ってくるだろうな。

第十五話　合流

「ふぃー。いいお湯だったな～」

僕と女性陣は温泉から出て、デスタワー六階のリビングでくつろいでいます。僕は牛乳を、みんなは雫を飲んでいます。牛乳も美味しいんだけどな。

「雫は美味しいな～」

「ほんと～」

みんなバスローブでくつろいでいるので、相変わらず目のやり場に困ります。早く服を着てほしいな～。まあ、僕もバスローブなんだけどね。

「こんなにいいお湯なら、毎日来たいな」

「レンレンにお願いすれば来られるよね」

ファラさんが呟くと、ウィンディが僕を見て言ってきた。まあ、いいんだけどね、僕も入りたいから。

「にひひ、レンレンも入りたいって～」

「あ～、もうウィンディ」

ウィンディに心を読まれてみんなに言いふらされてしまった。まったく、ウィンディは……

「ウィンディ……そういう行為はレンに嫌われるぞ？」

ファラさんはいつも綺麗でかっこいいな。彼女はウィンディを諭すように叱っている。

「え～でも～」

「本心は見えないから輝くんだよ。人の本当の心は、そんなに簡単に見ちゃダメだよ」

ウィンディはシュンとしているが、効いているのかは定かじゃないな。

「さて、そろそろ街に戻ろうか」

「そうだね。エイハブたちなら大丈夫だろうけど、心配だもんね」

エレナさんが心配だと言って賛成してくれた。

「え～、もうちょっと休憩しようよ」

「じゃあ、ウィンディはこのタワーに置いていくということで」

ウィンディはここに残るようなので、みんなでそそくさと準備を始める。

「あ～嘘だよ、置いてかないで～！」

◇

「お帰りなさいませ」

「ただいま」

ピースピアに戻ると、ワルキューレが迎えてくれた。

「何か変わったことはあった？」

「報告することが二点ほど。まず、ルーラさんたちの教会が完成しました。もう一つは、魔族がまたやってきました。今回はグリード夫婦が対峙して見事に組み伏せましたよ」

教会、やっと完成か。普通に建てるとこんなに時間かかるんだな～。

グリードさんたちは、見事に魔族を倒したみたいだね。今回は何人来たのかな？

「何人来たの？」

「五人です。今はコヒナタさんの作った手枷《てかせ》と足枷《あしかせ》を付けているので、何もできない状態です」

あ～、あのマイナス装備ね。いっぱい作っておいて正解だったな。

「じゃあ、角をコネコネしに行こうか」

「はい、お供いたします」

魔族たちは、ひとまず結界の外に作っておいたあの詰所に閉じ込めているらしい。

あの装備だけでも、大丈夫そうだけどね。

「みんな、例の食べ物を食べさせたら大人しくなりましたよ」

「あ～、雫の入った料理は最強だからな～」

最高にうまい料理を食べて、和んでしまったんだろうな。

「レン、私たちは先にジャーブルの街に行っているよ。レンが着く頃には終わっているくらいにしておきたい」

「あんまり無茶しないでね」

「ああ、大丈夫。まだまだレンと色々したいことはあるからね」

ファラさんたちは先に行くみたい。僕にウインクしたファラさんは、綺麗で可愛かった。

ウィンディはイザベラちゃんの催眠術にも似た説得が効いているので、街に残ってくれるみたいだね。

さて僕は、早く魔族をコネコネしに向かわないとな。みんな無茶はしないと思うけど心配です。


「お前がコヒナタか」

「ここは飯がうまいな」

街の外の詰所に着くと、牢屋の中で豪勢な料理を食べている魔族たちがいた。

僕を見ると、笑顔で迎えてくれる。

「じゃあ、急いでるから一人ずつ角をコネコネするよ」

僕は牢屋の中へ入り、指をコネコネと動かして話した。

「ほう、角をコネるだと？」

「やれるもんならやってみやがれ」

筋骨隆々《きんこつりゅうりゅう》なおっさん魔族が三人、筋肉アピールをして話してきた。はいはい、順番ね。

「あふ～……」

「あ～その変な声やめてよ……」

はい、終了。

三人のおっさん魔族の角を加工した。五人の魔族って言っていたから、あと二人いるはず。牢屋が分けられてるってことは女の人かな。

クリアクリスのお母さん、ビスチャさんの処置をした時は大変だった。変に艶めいた声を出すものだから、無の境地で作業したんだよな～。あの時は僕の身体から魂《たましい》が抜け出ている感じがしたよ。

「あら～、この人が人族最強の男～？」

「可愛いじゃないの」

予想通り、残る二人は悪魔のような尻尾と羽を持っている魔族のお姉さんだった。牢屋の中から手招きされ、まるでサキュバスといった雰囲気で何だかクラクラする。

そこに、ファラさんたちの移送を終えたワルキューレがやってきた。

「コヒナタさんには魅了《みりょう》は効きませんよ。最愛の方もいるのですから」

「あら～、残念。こんなに可愛いから下僕にしてあげようと思ったのに」

ワルキューレは魅了が効かないと言うけど、僕的には少し効いているような気がするんだよね。

お姉さんたちが魅力的に見えてしまってる。一人だったら危なかったかも。

「ああ～ん。凄いテクニック」

「……」

「最高に気持ちいいわ～」

「……」

無心無心、無我の境地。僕は全てを超越した男。


「コヒナタさん、帰ってきてください」

「はっ！　僕は何を？」

やっと我に返った僕。無心になろうと必死になり過ぎたよ。

「とにかくやっと終わった。みんなのところに行ってくるよ」

「わかりました」

急ぎ足で、ワルキューレとともに世界樹のある屋敷に戻る。

「みんなは無事に着いたかな？」

「はい、もちろんです」

一足先に向かったファラさんたちに追いつかないと。

ずっと魔族の相手をできる気もしないしね。特にあの女の人たちの魅了にかかってしまいそうで怖い。雫の料理と角の処置のダブル効果でみんないい人になったけど、あのボディだけでどうにかなっちゃいそうです。

◇

「う〜、寒い！」

世界樹に触れると、一瞬で世界樹の頂上に転移させられた。

標高はどれくらいなんだろう。流石に寒すぎる。

「準備はできています。すぐに雫に入ってください。温まりますよ」

ワルキューレは、雫を指さして言う。僕は寒さに耐えられないので、すぐに雫へとダイブ。

「あ〜、あったかい……」

それに、水の中なのに息もできる。

「高度一万メートル以上ですから、流石のコヒナタさんの装備でも寒かったみたいですね」

一万メートル以上……。流石世界樹といったところかな。

「この高さだとマイナス五十度ほどになりますよ」

「う〜む、その温度で音《ね》を上げちゃったのか、僕の装備は。これは改善の余地があるな」

マイナス五十度……マグロの冷凍庫レベルだ。それに耐えられないとなると、氷の魔法とかを受けたらまずいんじゃないだろうか。

こんなことじゃダメだ！　コネコネしまくって、マイナス百度でも寒くないものを作ってやるぞ。

どうしたらいいかな、魔石の力を使うしかないかもしれない。

シールドの魔法と火の魔法を組み合わせて、かまくらみたいに自分を覆ってしまえば……いやいや、魔石は使わずに済む方法はないかな？　装備本来の力を最大限に……。

「コヒナタさん、行かないのですか？」

「ああ、ごめんごめん。新しい装備の構想を練っててね」

「これ以上のものを作るのですか？」

「今あるものよりも上を目指してこその生産職でしょ」

上へ上へと目指すから楽しいんじゃないか。歩みを止めた時が退化の時だと誰かが言っていた。

こんなスキルを手に入れてしまったんだから、もっともっといいものを作らないと罪だよな～。

「わかりました、楽しみにしています」

「じゃあ、お願いできるかな？」

「了解しました！　射出します」

ワルキューレのゴーサインで雫が射出された。

「うおお～～～」

雫に入っているからGを感じないかなと思ったんだけど、凄い感じています。装備のおかげでやっと耐えられているみたいだ。自分のステータスが高くなってるのも影響しているのかな。

「うう～、気持ち悪いけど雫の中だから大丈夫」

息もできるし、着地の衝撃も和らげてくれるし、雫はやっぱりチートだな～。

「とか思っている間に、街が見えてきたな」

長方形の壁に囲まれた街が見えてきた。同時に降下していく。

街に落ちないよう、その手前一キロほどの街道に落としてほしいとお願いしたけど、ワルキューレの狙いはとても正確で、ほぼその通りのところに着地できた。

「着陸っと。ここからは徒歩だね」

「来たか。待っていたぞ、コヒナタ」

着陸したところにニーナさんがいて、一緒に街へ向かって歩き出す。

「みんな先に街に着いている。私だけ案内のために戻ってきたんだ」

「なるほど、エイハブたちとは合流できました？」

「ああ、あいつらは領主の屋敷を制圧してた」

ブザクを捕まえるって話だったと思うけど、なんでそんなことになってるの？

「ええ!?　なんで？」

「ブザクの前に、あの街の腐敗を目にしたレイティナが領主に直談判《じかだんぱん》しに行ったら、戦闘になったみたいなんだ。それに穢れとの繋がりもある、とかなんとか」

レイティナ様が怒るほどやばい街だったってことか。それならしょうがないかな。

「元々ブザクがここにいるかわからなかったわけだし、穢れのことも気になるね。救えるなら先にこの街を救っちゃおうか」

「ああ。もうレイティナがギルドを通して、ジャーブルの街に人を派遣してもらって、環境を整えるらしい。あとは逃げてる領主のアザベルを捕まえるだけだ」

「流石エイハブさんたちだな～」

僕のやることは何もない気がするけど、ブザクを探すために街で情報収集してみようかな。人が集まるのは市場とかだろうか。

思ってみれば、こういうことをするの初めてだから楽しみだ。

「じゃあ、私と一緒に市場に行こう。ブザクとかいうクソ野郎の情報を得ないとな」

ニーナさんも同じことを考えていたようだ。カッコよくて褐色肌が綺麗なニーナさんだけど、相変わらずお口が悪い。ニーナさんらしいと言えばそうだけど、もうちょっとおしとやかになってもいいのにな～。

ニーナさんは僕の手を引っ張って、街に入っていく。案内してくれるって言っていたから市場の場所も把握しているんだね。流石、ニーナさんだ。

「スラム街か……」

街に入ってすぐ、街の外側にスラム街が広がっていた。確かにこれを見ると、レイティナ様みたいな正義感の強い人は憤りを感じちゃうかもね。

「孤児も多い。レイティナが聞いた領主の話では、百人以上いるみたいだ」

「そんなに……」

レイティナ様たちに攻撃したのはもちろんだけど、こんな街の状況を放置するなんて、アザベルという領主はロクでもない奴なんだな。

「とにかく、みんなと合流したら情報収集だね」

「ああ。しかし、寒いな～」

ニーナさんは温かい服を着ているんだけど、寒がっている。流石に普段の服じゃまずいと思って、出発前に着てきたのかな。

彼女がこういう服を着ているとどうもおかしな感じだけど、これはこれで新鮮だからいいや。

ピースピアも少しずつ寒くなる気配がしていたけど、こっちはもうとっくに冬だ。

さて、色々と情報を集めないとね。

月が導く異世界道中
Tsukiga Michibiku Isekai Dochu
あずみ圭
Azumi Kei
1~16
8.5
TVアニメ化!
2021年7月7日放送開始!
TOKYO MX・MBS・BS日テレほか
CV 深澄 真:花江夏樹
巴:佐倉綾音 澪:鬼頭明里
監督:石平信司 アニメーション制作:C2C
レシート応募プレゼント
キャンペーン実施中!!
2021年6月4日~2021年9月30日まで
詳しくはこちら
各定価:1320円(10%税込)
Illustration:マツモトミツアキ
~16巻好評発売中!!
漫画:木野コトラ
●各定価:748円(10%税込)●B6判
コミックス1~9巻好評発売中!!

加護持ち1歳児は
最強魔獣たちと自由気ままに成長中！

神様の手違いが元で、不幸にも病気により息を引き取った日本の小学生・如月啓太。別の女神からお詫びとして加護をもらった彼は、異世界の侯爵家次男に転生。ジョーディという名で新しい人生を歩み始める。家族に愛され元気に育ったジョーディの一番の友達は、父の相棒でもあるブラックパンサーのローリー。言葉は通じないながらも、何かと気に掛けてくれるローリーと共に、楽しく穏やかな日々を送っていた。そんなある日、1歳になったジョーディを祝うために、家族全員で祖父母の家に遊びに行くことになる。しかし、その旅先には大事件と……さらなる“もふもふ”との出会いが待っていた!?

●定価：1320円（10%税込） ISBN 978-4-434-28999-6 ●illustration：conoco

勇者召喚に巻き込まれて異世界転移した元サラリーマンの相良真一(シン)。彼が転移した先は異世界人の優れた能力を搾取するトンデモ国家だった。危険を感じたシンは早々に国外脱出を敢行し、他国の山村でスローライフをスタートする。そんなある日。彼は領主屋敷の離れに幽閉されている貴人と知り合う。これが頭がお花畑の困った王子様で、何故か懐かれてしまったシンはさあ大変。駄犬王子のお世話に奔走する羽目に!?

この作品に対する皆様のご意見・ご感想をお待ちしております。

おハガキ・お手紙は以下の宛先にお送りください。

【宛先】

〒150-6008 東京都渋谷区恵比寿4-20-3 恵比寿ｶﾞｰﾃﾞﾝﾌﾟﾚｲｽﾀﾜｰ 8F
（株）アルファポリス　書籍感想係

メールフォームでのご意見・ご感想は右のＱＲコードから、
あるいは以下のワードで検索をかけてください。

アルファポリス　書籍の感想　検索

ご感想はこちらから

本書はWebサイト「アルファポリス」（https://www.alphapolis.co.jp/）に投稿されたものを、改題・加筆・改稿のうえ、書籍化したものです。

間違《まちが》い召喚《しょうかん》！3　追《お》い出《だ》されたけど上位互換《じょういごかん》スキルでらくらく生活《せいかつ》

カムイイムカ

2021年6月30日初版発行

編集－本永大輝・矢澤達也・宮田可南子
編集長－太田鉄平
発行者－梶本雄介
発行所－株式会社アルファポリス
〒150-6008 東京都渋谷区恵比寿4-20-3 恵比寿ｶﾞｰﾃﾞﾝﾌﾟﾚｲｽﾀﾜｰ8F
TEL 03-6277-1601（営業）　03-6277-1602（編集）
URL https://www.alphapolis.co.jp/
発売元－株式会社星雲社（共同出版社・流通責任出版社）
〒112-0005 東京都文京区水道1-3-30
TEL 03-3868-3275
装丁・本文イラスト－にじまあるく（https://nijimaarc.tumblr.com）
装丁デザイン－AFTERGLOW
印刷－図書印刷株式会社

価格はカバーに表示されてあります。

落丁乱丁の場合はアルファポリスまでご連絡ください。

送料は小社負担でお取り替えします。


ISBN978-4-434-29004-6 C0093